JN262108

星よりひそかに

柴崎友香

幻冬舎

目次

星よりひそかに

装画　くらもちふさこ
装幀　名久井直子

五月の夜

ベッドに寝転がったまま頭を逆さにしてテレビを見ると、サスペンスドラマのクライマックスだった。

土曜日の午後。温泉めぐりの番組を見て今度は絶対ここに行こうとか意気込んでいたのにいつの間にか眠ってしまって、もう夕方近くになっている。せっかくの休日なのにという気持ちと休日だからいいかという気持ちが混ざって、起きると決められない。頭に体の向きを合わせるように寝返って、掛け布団を引き上げた。このあいだ買って持ってきた水色のカバーはいい色で、買ってよかったと思う。

「殺すしかないと思いました」

テレビ画面の中は崖の上。青い法被《はっぴ》を着た男が、涙声で言った。

ないことないやろ、と思う。いきなり殺さなくても。

テレビの前のテーブルには、紅茶がまだ入っているポットとカップが置かれたままで、西日に透けて光っていた。ここは、わたしのではなくて恋人の部屋。朝、恋人が出かけたあとで、紅茶を飲んでパンを食べて、ごろごろしてそのうちに寝てしまって、そしてこの状態。逆さの頭で、自分の部屋よりも一回り広い部屋を見回した。本棚、ノートパソコンの載った机、スーツが掛かったクローゼットの扉。眠る前とも変わらなかったし、一週間前とも半年前とも、ここに恋人が引っ越してきた三年前とも、たいして変わったところはない。

思い切って起き上がると、傾いた日差しで全体的に黄色っぽい部屋がわたしの周りでぐるっと回転した。やっと布団を抜け出し、床に座って残っていた紅茶を飲んだ。冷たくなっていた。

「殺すしかなかったんです」

今度は、地味な色の着物姿の女が言った。

「ないことないやろ」

と、今度は声に出して言ってみた。女は、さっきの法被の男とは愛人関係にあるらしかった。不倫と老舗旅館の経費の使い込みが発覚するのを恐れて、女将や仲居を次々殺したみたいだ。

わたしはちょっと考えて、それからやっぱり棚に手を伸ばした。棚の下から二段目のいちばん端、美術雑誌のゴーギャンの特集号。その初めのページに挟まっている、白い紙。その角をつまんで引っ張り出した。真っ白の、なにも書いていない無地の封筒と、桜の絵が地模様になった薄桃色の便箋が重なっていた。昨日の夜、恋人が帰ってくるのを待っているあいだに、写真集と雑誌をめくっていて、偶然見つけて読んでしまったその手紙を、また開いてみた。書いてある言葉も、昨日と同じだった。

好きです、と書いてある。

誰かが、わたしの恋人のことを好きなのだった。

蒸しパンの残りを口に入れ、携帯電話のメールを確認した。それからまた、手紙を見た。せめて便箋を封筒にしまっておいてくれれば、読まなかったのに、と言い訳がましく思う。封筒には宛名も差出人の名前もなく、便箋のいちばん下の行に「かなみ」とだけ書いてある。

かなみ。

思い当たる人は、少なくともわたしたちの共通の知人の中にはいない。短い文面からは、どこの知り合いなのか推測できなかった。ゴーギャンのページに挟んであったのは、なにか関係があるんだろうか。このあいだ会ったとき、と文中にあるから、例えば電車の中で見かける人とかそういう一方的な関係ではなさそうだった。世の中にはいろんな人がいるから断定はできないけど。

紅茶を飲み干して、床に転がった。ふさふさした緑色のラグマットはわたしが選んだ。これにしてよかった、と思う。仰向けで見ると、便箋が日光に透けて、文字が薄くなる代わりに桜の模様が浮かび上がる。この柄を選んだっていうことは、手紙を書いたのは春だったんだろうと思った。とりあえず春だとして、今年の春なのか去年なのか、それとももっと前なのか、わからない。学生時代、というほど古びてはなさそうだった。もし、今年の桜なら、ほんのひと月ほど前。

長い間、と書いてある。長い間、想っていました。

長い間って、どのくらい？

わたしは便箋と封筒を元のように重ねて、ゴーギャンのページに挟み、雑誌を棚に戻した。携帯電話にメールが着信した。今晩の待ち合わせ場所を知らせていた。六時四十五分、渋谷のツタヤのスタバ。

「あの人は、弱い人だったんです。これからは、この子と二人、明るく生きていきます」

テレビの中で、ピンクのツーピースを着た女が言った。さっきの殺人犯の妻らしかった。なぜかやたらと殺人事件に遭遇し解決までしてしまう雑誌記者の女が、彼女の肩を叩いた。

「そうよ、まだ若いんだから、楽しく生きなくっちゃ」

「ええ。わたしの人生、これからよね」

ツーピースの女は明るく笑った。夫が三人も殺してたのがわかったとこやのにそれでええんかい、と早々に流れてきたエンドロールを見ながら思ってみる。でもたぶんそれでいいんだろう。済んだことは忘れて、強く生きるのだ。

わたしはクローゼットを開け、右隅を占領している自分の引き出しから紫色のカットソーを出して着替えた。裾から頭を突っ込むと、カットソーはなんとなく恋人の匂いがした。週末をこの部屋で過ごすようになって、もうすぐ三年が経つ。クローゼットにわたしの引き出しは二段あるし、洗面台の鏡の裏の棚も一段はわたし用だった。ドライヤーもここにはなかったから持ってきた。紅茶のカップとポットも持ってきたし、いっしょに出かけたときに買ってきた本やＤＶＤも置いてある。

もし、「かなみ」と恋人がどうにかなって、わたしが恋人と別れることになったら、どうやって持って帰ろう。宅配便で送ったらいいのかな。

歯を磨きながら、部屋を眺めた。わたしの荷物がなくなった部屋を想像してみた。心配はしていなかった。ただ、想像してみたいだけだった。

土曜日なのに、恋人は早くから仕事に出かけた。

時間通りに、渋谷。

ツタヤ前から五分歩いて、写真展の会場へ。

満員のエレベーターの扉が八階で開くと、色とりどりの花が壁一面に咲き誇っていた。「祝」の文字がついた名札が掲げられていて、タレントや出版社の名前が競うように並んでいた。

「わたしこれほしい」

ミニ子が、深い紫色の厚い花びらの花がアレンジされた籠を指差して言った。

「じゃあ、わたしはこっちかなあ」

わたしは赤いバラのシンプルな花束がよかった。その花には、禿げた頭をネタにしている脇役俳優の名前が立っていた。

ミニ子は、大阪の大学での同級生。わたしは、卒業と同時に東京の会社に就職してもう五年になるが、ミニ子が東京に引っ越してきたのは半年前。だけどミニ子は行動的だから、もうわたしよりも東京のいろんな場所を知っているし、友だちもたくさんいる。

会場の中は人がいっぱいで、壁に並んだ大きな写真をすぐには見ることができなかった。ミニ子が仕事で関わっている広告デザインの会社が主催だからレセプションに入れるというので、くっついて見物しにきた。何人かの女性写真家が、それぞれ一人ずつモデルを選んで撮影した写真展で、モデルたちはスポンサーの携帯音楽プレーヤーやヘッドフォンを身につけたり、小型のパソコンを操作したりしていた。コラボレーション、という単語をつければなんでもできる。

人の隙間から背伸びしてやっと、入口にいちばん近いところにある写真を見た。わたしが好きな、唇の厚いモデルの写真で、熱帯の植物が茂る温室で大きなヘッドフォンを被っていた。

「めっちゃかわいい」

「ほんまやなあ」

「本人来てるんちゃう?」

ミニ子が会場を見回したけれど、ちょうど大柄な黒いスーツの一団に囲まれていて、モデルらしい女の子なんて全然見えなかった。入口から、高いヒールに胸元の開いたジャケットの女と日焼けしてボルサリーノを被った男が笑顔を振りまきながら入ってきた。東京では毎晩こんなイベントごとが行われているんやな、と住んで五年経ってもまだ思う。

人の間をすり抜けて、なんとか写真の前に立つことができた。最近化粧品のＣＭに出演している若い女優が、雪原に立っていた。薄いスカートにフリルのブラウスも白で、雪の色と混じってしまいそうだった。

「寒ないんかな」

「プロやね」

「わたしの彼氏、この子が好きやねんて」

ミニ子は、大阪でアルバイトをしながらイラストレーターになって、その仕事がようやくうまく行きだしたと思ったら三年つき合ってしかも一緒に住んでいた男が他の女とのあいだに子供ができて結婚してしまって、そのせいだけではないけれどどうせ引っ越すならついでに東京、という感じで半年前に引っ越してきたらすぐに新しい彼氏ができてすごくいい人で、イラストの仕事も増えて忙しくしている。よかったと思う。

ミニ子は満足そうにほほえんだまま、写真の中の白い女の子を見ていた。

わたしは聞いてみた。

「ミニ子、結婚するの？」

「そうねー、そんなことにもなるやろねー」

三つ年下のミニ子の彼氏には、二回会ったことがある。よく食べる健康そうな人だった。

「結婚式、する？　ほしいワンピースあるねんけど」

「あー、結婚式あったら買えるもんね。それやったらわたしも着たいのんあるから、亜希ちゃんこそ結婚してよ。緑のサテンで、ホルターネックやねんけどこうぐるっとスパンコールがついてて」

ミニ子は手を動かして説明した。

「じゃあ、結婚式じゃなくても、着てどっか行こうよ」

「どこに？」

「どっか、おいしいものでも食べに」

「それで八万の服は勇気いるわ」

「そんなにするんや」

「七万八千円」

スピーカーからいかにも司会業らしい話し慣れた女の声が響いて、ざわめきが一度に止《や》んだ。いちばん奥に設けられた簡易ステージの上で司会の女の紹介に従って、まず企画者の白髪交じりの短髪に髭の男が挨拶し、スポンサー企業の眼鏡の男が挨拶し、それから写真家が続けて二人、お礼の言葉を述べた。そのころには、会場の人たちがめいめいに囁く声が少しずつ戻ってきて、移動したり知り合いを見つけて声をかける人もいた。挨拶が終わってしばらくすると、かわいい女の子を見るのが好きなミニ子は、めざとくモデルやタレントを見つけては、わたしに解説してくれた。自分はもう読まなくなったファッション誌に出ているらしい十代の女の子たちは、頼りないほど細い体を明るい色の衣装に包んで、笑い合っていた。

「あ、あの子」

ミニ子が言った。その声はさっきまでとは違って、硬いというか鋭いというか、驚きを自分で押し隠しているような気配があった。ミニ子の視線の先を辿ると、反対側の壁際で写真を見ている茶色い長い髪の女の子が、人の間に見えた。薄い緑色の布が斜めにカットされたワンピースを着た姿は、一目で女優とかモデルとか人に見られることに慣れている職業だとわかる雰囲気があった。彼女の写真は会場のいちばん奥にあった。いちばん大きい写真だった。初主演した映画が評判になっている「noka」

という十九歳のモデルで、切れ長の目に気の強さが感じられる表情がよくて、わたしは結構好きな顔だった。一か月ほど前、その映画の公開に合わせるように、写真週刊誌に「noka」が人気俳優と手をつないで夜の街を歩く姿が載った。

「そうか、ミニ子、めっちゃ好きやもんなあ」

わたしは言ったけれど、ミニ子はほとんど聞いていない感じで、「noka」をひたすら見ていた。ミニ子が好きなのは、写真を撮られた相手の俳優だった。九年前、大学に入ってすぐのころに参加した花見でミニ子と初めて会ったときにも、ミニ子がその人が好きなんだと話していたのをよく覚えている。そのころはまだドラマの端役で、ミニ子に教えてもらって名前を初めて知ったその俳優は、その後に主演した深夜ドラマが夜中にしては高視聴率となり、今では個性派俳優のトップの一人として雑誌の表紙になることもあった。

ミニ子は身動きもせず、ただ視線を人々の先にいる彼女に向けることにだけ、エネルギーを注いでいた。彼女はじっくりと、一つ一つの写真を時間をかけて見ていた。写真家の一人が彼女に声をかけると、途端に幼い笑顔が見え、ほんとうにかわいい子なんだと思った。

「触ってるんやなあ、あの子を」

ミニ子が、つぶやいた。心の奥から思わず出てしまったような声で、その生々しさを、わたしは知ってはいけなかったように感じた。もしかしたら声に出して言ったことに本人は気づいていないかもしれない。

「なに話してるんかなあ。わたしもしゃべりたいなあ」

ミニ子は、今度は単純に羨ましそうに言った。わたしは少しほっとして、周りの話し声に負けないように大きめの声で返した。

「あの子の跡つけていったら、会えるんちゃう？」

「今週は香港でロケやから会われへんもん」

やっとミニ子がわたしの顔を見て、まじめな表情で言ったので、わたしは笑ってしまった。

「よう知ってんなあ」

「今度、中国と合作の映画に出るねん」

ミニ子は、自分の家族の自慢話をするみたいに、その映画の監督が賞を獲ったことや共演者の名前を次々教えてくれた。それから、また会場を見回し、右隅へ移動していたモデルの姿を見つけると、また言った。

「触られてるんやなあ」

長い髪が流れるようにかかっている細い背中をミニ子といっしょに見つめ、わたしがずっと思っていたのは、やっぱり「かなみ」のことだった。目の大きな女の子たちがこちらを見つめる写真に囲まれて、わたしは所在なくその場にいる大勢の人をぼんやりと眺めていた。

坂を下りて、また上って、道玄坂の裏通りの台湾料理屋で大きな丸いテーブルを囲んだのは、ミニ子が仕事を請け負っている広告会社の人たちと、さらにその人たちの仕事関係者とかミニ子の友だちとか、全部で九人だった。名刺をくれた人もいたけど、誰が誰だか、すぐにわからなくなってしまった。

わたしの右隣には、ミニ子にイラストを依頼中のカオリちゃんという出版社勤務の人が座り、左隣には真っ赤なパーカを着た少し年下っぽい男の子が座っていた。

「めちゃめちゃかわいかったぁ。やっぱりかおちっちゃーい。脚細ーい」

カオリちゃんは、前からファンのモデルを会場で見た興奮が冷めず、山査子酒《さんざし》を飲みながらシジミ炒めを食べ小籠包《ショウロンポウ》を食べ、空芯菜《くうしんさい》に黄ニラと豚肉の炒め物を食べても彼女への賛辞を繰り返していた。正面ではミニ子が楽しそうにビールを飲んでいて、その右側で広告関係の人たちが、やっぱりビールを飲んでチャーハンや酢豚やイカ団子を食べていた。店は満員で客たちの話し声も店員の中国語もうるさくて、ミニ子たちの声は途切れ途切れにしか聞こえなかった。

「食べます？」

わたしは、酢豚のお皿を引き寄せて、左隣の赤いパーカの男の子に言った。彼はミニ子の隣にいる長髪の男の人の同僚らしかった。長髪の男はよくしゃべるのに、この赤いパーカ男子はさっきからなんだかぼんやりと眠そうな目で、紹興酒ばっかり飲んでいた。ノブナガ、とさっきミニ子に紹介された。転職したばっかりで、とそれはノブナガが言った。中途半端なぼさっとした髪は勝手に伸びたという感じだったし、無精髭も単に無精しているだけのようだった。

「たまねぎ、嫌いなんで」

と、赤いパーカの袖を引き上げながらノブナガは言い、紹興酒を一口飲んでテーブルを囲む人たちの顔をなんとなく見回してから、わたしに聞いた。

「ああいうパーティー的なにか、よく行くんすか？」

「いえ、めったに」

わたしが答えると、ノブナガは肘をついて手のひらに顎を載せ、壁に貼られたお薦めメニューに目をやって、ぼそっと言った。

「なんていうか、身の置き所が、ない」

「たぶん、そういう人ばっかりですよ」

わたしは愛想良く言ったけれど、ノブナガはちらっとわたしの顔を見て、

「そうっすか?」

と言っただけで、やっと鶏肉のカシューナッツ炒めを食べ始めた。わたしはカオリちゃんと、会場で誰を見た、誰がかわいかった、と感想を言い合った。

ほとんどのお皿が空いて、中国人の店員が忙しさを見せつけるように片付ける中、ノブナガの向こう側に座る、大柄な男の人が言った。

「彼、モテそうだなあ」

熊のワッペンのついた黒いブルゾンに黒いニットキャップを目深に被っていて、仕事帰りだと言っていたけれど、デザイン関係というのはああいう格好で仕事してもいいんだなあ、と思った。わたしの職場では、みんな暗い色のスーツだ。

彼、とはノブナガのことらしい。間の抜けたような何秒かのあとで、ノブナガが言った。

「おれ?」

すっとんきょうな声だった。軽く苦笑いして、熊ワッペンの人が言った。

「モテるでしょ？　女の子に」

「モテそうだよねえ。顔、キレイだもん」

さらにその向こうに座っているベリーショートの女の人が言った。

「おれが？　女の子に？」

ノブナガはひっくり返ったような声のまま、繰り返した。

「モテる？　女の子って、女の子？」

ベリーショートの人が笑って頷いた。ノブナガはなぜか不機嫌な強い声だった。

「ないよ、そんなん」

「ほんとに？」

今度はカオリちゃんの向こう隣に座っている女の人が言った。広告会社だったか、デザイナーだったか。長い髪をきっちりと巻いて胸元の開いた服を着ていた。ノブナガの真向かいに座っている、坊主頭の男が加わった。

「あー、まじっすよ。モテないっすよ。ノブナガ、ちょっと変わってるから」

彼はホワイトタイガーが吠える絵柄のヘビメタバンドのロゴが入ったTシャツを着ているけれど、ほんとうにそういう趣味なのかただのファッションなのかはわからない。

「ノブナガって、本名なの？」

巻き髪の女の人が聞いた。ホワイトタイガーが代わりに答えた。

「ほんとに、オダノブナガ、っていうんですよ」

「うそ」

「嘘ですよ。こいつ、すぐ嘘つくから」

と、ほどほどに酔っぱらっているらしいノブナガが言った。ホワイトタイガーメタルTシャツが言い返す。

「なんでだよ。これはまじっすよ。ほんとに、オダノブナガだから」

「どっちなの？」

熊ワッペンが呆れたような顔をして聞いた。ノブナガは、紹興酒の入ったグラスを握ったまま、やっぱり眠そうな顔のままホワイトタイガーと熊ワッペンを見比べ、

「どっちでも、だいじょうぶですよ」

と言った。

「ホントでも、ウソでも」

スクランブル交差点の手前でタクシーを拾った。ドアには虹が描いてあった。助手席にノブナガが乗り、後ろにわたしとカオリちゃんと巻き髪の女の人が乗った。ミニ子と熊ワッペンとベリーショートとホワイトタイガーが歩道で手を振り、わたしたちは手を振り返した。

「とりあえず、表参道で」

助手席のノブナガが、明らかに酔いの回った声で運転手に言った。フロントガラスの向こうの交差点では、周りを囲むビルにくっついている大画面から放射される光で、大勢の人が次々にいろんな色に変わりながらぞろぞろと歩いていた。

ミニ子が帰ると言ったのにわたしだけこの初対面の人たちについてきたのは、なんとなく、自分の部屋にも恋人の部屋にも帰りたくなかったからだった。

「表参道の、交差点のところでいいですか？」

きれいさっぱり禿げた運転手が、少し苛ついた声で聞き返した。

「交差点じゃないけどー、交差点でいいよー。びゅーっと、まっすぐお願いしまっす」

ノブナガが人差し指で「まっすぐ」前を指し示した。運転手は、うっとうしい客を乗せたな、という感じで返事をしなかった。

「ほんとにお店知ってるの？」

巻き髪の森さんが言った。わたし飲んだあとはおいしいスイーツ食べないと気がすまないの、と言い出したのは森さんで、それならいっしょに行く、と言ったのがわたしとカオリちゃんと、そしてノブナガで、ノブナガが自分が知っているめちゃめちゃおいしいケーキの店に連れて行く、と宣言した。絶対行く、と譲らなかった。いつの間にそんなに酔っていたのか、隣にいたわたしは境目がわからなかった。

「絶対、自信あるから。もう、感動するよ。おれに感謝すると思う。あ、運転手さん、思い出した、表参道を外苑前のほうに行って、二コ目か三コ目を左に入るんだよ、あ、三コ目だ、二コ目じゃなくて三コ目、四コ目でもなくて三コ目」

運転手は、返事をしなかった。ウインカーのかちかちいう音が車内に響いた。


タクシーを降りてから多少迷ったノブナガに案内されたのは、たいていの人が知っているカフェだった。わたしもカオリちゃんも森さんも、一度でなく来たことがあった。

「まあ、どっちにしてもこの時間じゃ開いてるとこほかに知らないしね」

森さんたちと顔を見合わせて、透明のアクリル板の階段を降りた。地下のフロアは人がたくさんいて賑やかで、歩いて来た道が暗くて静かだったから、急に時間が戻ったみたいに感じた。階段脇のテーブルに案内された。濃いピンク色の布張りのソファは座り心地が良くて、お酒も飲んできたし満腹だったからそのまま眠ってしまいそうだった。だけど、ケーキは食べたかった。わたしはどこに行っても絶対頼むティラミス、カオリちゃんはガトーショコラ、森さんはタルトタタン、そしてノブナガはベリーのタルトを頼んだ。それぞれのお皿が運ばれてくると、森さんはきゃーと声を上げて喜んだから、うしろの席に座っていたカップルが振り返った。

向かいに座った森さんとカオリちゃんは、仕事関係の誰かの話をしていた。二人は随分前から仕事上の知り合いだったそうだが、食事をしたりするのは今日が初めてだったらしい。森さんは大人っぽく見えたけれど、わたしより三つも年下だった。

「森さんは彼氏いるの？」

カオリちゃんが、真っ白い生クリームを焦げ茶色のケーキに載せながら聞いた。

「うーん、今、微妙なんだよね。ずっと好きな人がいて、一回ふられてるんだけどー、会ったりごはん食べに行ったりずっとしてて、最近はなんか普通にウチに寄っていったりするんだ」

「それは、そういうことなんちゃうんですか？」

マスカルポーネチーズの味に感激していたわたしは、適当なことを言った。森さんは、階段を降りてきた小柄な女の子を目で追いながら言った。

「どうなんだろねー。手も握ったことないし」

「えっ、そうなの」

カオリちゃんがなにかとんでもない事件を聞いたくらいに驚いた顔をしたのが、おかしかった。ノブナガは全然話を聞いていないようで、タルトの上のブルーベリーやラズベリーやいちごを一つずつ小さいフォークで刺して食べていた。

「彼女はいるの？」

森さんがノブナガに聞いた。

「ないない」

とノブナガは顔も上げずに答え、ブルーベリーを刺した。ふーん、とだけ森さんは言って、再びカオリちゃんと共通の知り合いの話をし始めた。わたしはなんとなく、ノブナガの横顔を見たり、カオリちゃんと森さんの話を聞いたり、行ったり来たりする顔のいい店員を見たりしていた。一度、鞄の中の携帯電話を確かめると、圏外の表示が出ていた。恋人は、今日も遅くなるはずだった。

後ろに座っていたカップルが席を立ち、女が甘えた声で、ありがとう、と言うのが聞こえた。皿に最後に残っていたクリームを食べると、隣でノブナガが突然言った。

「好きな子は、いる」

わたしは、ノブナガの顔を見た。相変わらず眠そうな目で、酔っているせいかほんとうに眠いのかわからなかったけど、たぶん両方だった。

「え、なに？」

森さんがタルトタタンを口に運んでいた手を止めて聞いた。

「好きな子は、いる」

ノブナガは、繰り返した。わたしは聞いた。

「つき合ってないの？」

「たまに、酔っぱらったら電話する」

わたしとカオリちゃんと森さんが、ノブナガをじっと見た。カオリちゃんが聞いた。

「なんて？」

「好きです、って」

「それで？」

「切る」

「ええーっ、なによ、それ！」

森さんが大きな声を出したので、ちょうど通りかかった店員がこっちを見た。ノブナガは宙を見つめて言った。

「電話して、好きですって言って、切る」

「いたずら電話じゃない、それ」

「名前は？　ちゃんと言うてるの？」

わたしは聞いた。テーブルの紅茶は冷めて、もう湯気は立っていなかった。生地とクリームだけになったタルトを見つめて、ノブナガは言った。

「ううん。でも、おれってわかってると思う。携帯だし……」

「相手は？　なんて言うの？」

「言う前に、切るから」

ノブナガはやっと顔を上げて、カオリちゃんを見た。カオリちゃんは眉根を寄せて困ったみたいな顔をしていた。

「たまに、って、どのくらい？」

「一年に一回とか」

「……何年前から？」

「うーん、五年ぐらい」

「ちょっと、ちゃんと話そうよ！　今酔っぱらってるし、電話したら」

強い口調で森さんが言い、なぜか自分の携帯電話をノブナガの前に置いた。

「いいです」

「なんでよ、もしかしたら、ちゃんと言ってくれるの、待ってるかもしれないじゃない」

「もっと、おれが、ちゃんとしたとき」

言葉を一つ一つ句切るように言うと、ノブナガはおもむろに白い泡がたっぷりのカプチーノに口をつけた。

「そんなの、相手の女の子だって年取っちゃうでしょ。電話しようよ。カプチーノすすってる場合じゃねえよ！」

森さんはむきになって、立ち上がりそうな勢いで、わたしとカオリちゃんは呆気にとられていた。きれいにカールした髪が、暖かい色の照明で栗色に輝いていた。ノブナガはなんの迷いもなく言った。

「いやです」

「なんで」

「すごく、好きだから」

はっきりとしたノブナガの声が、いろんな人たちの話し声が反響する中に、くっきりと輪郭を持って漂った。

「心の底から、好きだから」

無精髭に囲まれたノブナガの顔は、少し笑っているようにも見えた。店内に流れている音楽が、ボサノバからアルゼンチンタンゴに変わっていた。

そしてわたしは、わたしの好きな人のことを、考えていた。

さっきまで、そこに

そもそも、恋愛というものに縁がないのかもしれない、って思うんですよね。

木曜日の朝です。

夜中まで雨が降っていたから、公園の土は冷たく湿ってました。ベンチもまだ濡れていそうだったので、わたしはブランコの柵に腰掛けてみました。何度も塗り直された黄色い塗装の鉄パイプの冷たさが、デニムの生地を通して伝わってきました。空は晴れてます。来週梅雨入りかも、と出がけにテレビの天気予報が言っていたせいで、余計蒸し暑く感じます。

コンビニエンスストアの白い袋からチルドカップのカフェラテを取り出して、太めのストローをさす。ほんとうは温かいほうが好きなので、コンビニの電子レンジで温めてくれたらいいのにな。そう思いませんか?

携帯電話を開くと、友だちからメールが来ています。

〈おはよー！　かなみん！！　今電車で目の前に座ってる女子高生が「宿坊ガイド」凝視してるんだけど！　しかも鞄に「葉隠入門」入ってるんだけど！　どんだけ悟りたいんだよ！　なにがあったんだよ！〉

　えり子のメールには、朝でも夜でも「！」がたくさんついています。☆やハートや絵文字も多い。

〈おはよ。女子高生って、なに系？〉

〈黒縁メガネっこで、犬顔。日本犬にマジックで眉毛描いた感じ。今日の晩ごはんだけど焼き鳥でいい？　前から行きたかったとこ、かなりいいらしいっす！〉

　そして返信が異常に速いんですよねー。

〈なんでもいいよ〉

〈で、もう一人増えるかもなんだけど、あ！　着いた！　またあとで！　かなみんもお仕事がんばってね☆〉

　もう一人、って先月会った彼氏かな？　と思いつつ、はーい、とシンプルなメールを返しときました。

　ばたばたばた、と鳥が羽ばたく音が聞こえて顔を上げると、いつもの自転車のおじさんがいて鳩が集まってきていました。あっという間に、何十羽の鳩がジャングルジムの前に降りたった。こんなにたくさんの鳩が、どこかからこの公園を見張っていたのかと思うと、ちょっと怖くなりますよ。おじさんは自転車の前籠に入れている袋に手を突っ込み、パンくずを鳩の群れに向かって投げた。今公園にいる人間は、おじさんとわたしだけ。正直、どうなんでしょうね、二十七歳女子としてこの状況。ちょっと気分を明るくしようと、昨夜テレビで流れてて耳についてしまった「いつでも夢を」を小声で歌ってみました。歌詞がわからないところは、鼻歌で。

駅から職場までの五分の道程の途中にあるこの狭い公園で、ときどき朝ごはんを食べるんですよ。駅前にはファストフードもコーヒーショップも揃っているけど、どこも混んでいて待たされるし会社の人に会うから行かなくなって。この公園のわたしが座っている場所からはうちの会社の人たちが急ぎ足で歩いていくのがよく見えるけれど、こっちを見る人は誰もいない。暖かくなってから週に三回はここで朝ごはんを食べているけれど、誰かに気づかれたことは、まだ一度もないんです。

ゆで卵の殻を剝く。コンビニで売っているほんのり塩味のついた黄身がゼリー状のこのゆで卵が大好きで、たいていカフェラテとこの卵の組み合わせにしています。この卵を作ろうと家で何度か挑戦してみて、塩味は実現したけど、黄身のゆで具合がどうしてもうまくいかない。固ゆでか半熟か、どっちかになってしまう。きっとそんなことに時間と労力を使うより、コンビニの棚から取ってレジで七十円払うのがいちばんいい、って結論になったんですね。

　おじさんがビニール袋を逆さにして、残っていたパンくずを全部撒いた。そのすぐうしろの植え込みには、「ハトの餌やり禁止」の看板が立ってます。他に、ボール投げ、スケボーにダンスの練習、花火にバーベキューも禁止と書いてある。窮屈な世の中ですよね。だからおじさんは長居しない。三分ぐらいでパンを撒き終わると、さっさと自転車に跨《また》がって次の公園へ向かいます。

　ゆで卵にかぶりつきながら、誰もいないのに自転車のベルを鳴らして公園を出て行くおじさんの背中を目で追いました。ふらふらと蛇行運転をして入口の柵の間を器用にすり抜けたおじさんの向こうに、あの人が見えたんです。

「おーらー」

　あの人。

　薄めのグレーのスーツ。夏服仕様になっている。

　わわわ。

　ゆで卵を口に詰め込んだまま、慌てて身を屈めました。公園の外周に並んだ椿の木と木の間に、あの人が早足で歩いていく姿が見える。短い、少し癖のある髪、大きい耳。結構距離があるはずなのに、はっきり見える。そしてすぐにビルの陰に見えなくなりました。うしろを、同じ会社の人も全然知らない人も歩いていく。みんな同じほうに向かっていて、みんな前だけを見てます。

さっきまでつるんとしたゆで卵の白身をつまんでいた指先を舐め、額の生え際の汗を拭う。汗なんて出ていなかったんです。そんな気がしただけでした。太いストローからカフェラテを吸い上げると、ずずずっと空気を含んだ音がして、中途半端な後味だけが口の中に残る。パンくずを食べ尽くした鳩たちは、もうどこかに飛び立ってしまってました。


自分の席に着いてすぐ、立ち上げたパソコンで今日の会議室の使用予定を確認しました。あの人が本社に来るなんて、なにかあったっけ。と順に見ていくと、いちばん大きい第一会議室に「販売促進戦略講習」と入ってました。あー、これかー。第一会議室は九階で、ここは十一階。顔は合わせずにすみそうなので、とりあえずほっとしました。

「水野かなみさん」

向かいで、先週配属されたばかりのチームリーダー（三十四歳女性）がわたしを凝視していました。

「楽しそうな顔してますね。なにかいいことあったんですか？」

自分の顔をすぐに確かめられなくて残念でした。

「特にないです」

と答えると、チームリーダーは昨日わたしが作成したマニュアルの訂正箇所を指示し始めました。まあ、悪い人ではなさそうです。


お昼休みに外へランチに行くのは二週間ぶり。

運ばれてきたオムライスは、チキンライスの上にのったオムレツを崩すと半熟の中身が流れ出すタイプでした。

「あー、やっぱりわたしもオムライスにすればよかったあ。めちゃめちゃおいしそうじゃないですか、その半熟。水野さん、正解でしたね」

同じ部署のヤマネさんは、テーブルに身を乗り出してわたしのオーバル形の皿を覗き込みます。ショートヘアで童顔のヤマネさん。二年前に今の会社に転職したわたしにとっては、四つ年下の三年先輩ということになります。つまり微妙な上下関係。敬語なんてやめてくださいよぉ、という提言を真に受けていいのかどうか、実は今でも迷っていたりします。

テーブルをずらさないと身動きできないくらい詰め込まれた店内は、今日も満席で、ドアの向こうには並んでいる人の姿も見えます。お水のグラスについた水滴が、赤いテーブルクロスに染みている。人が多くて、冷房もあまり効いていないみたいです。お客さんたちの話し声が反響して、声を大きめにして話さないと聞こえない。

「ほんと、おいしそう」

ヤマネさんの隣に座るモリさんも、オムライスをじっと見て言います。大人っぽくてとてもヤマネさんと同い年には見えないけど、モリさんはヤマネさんの同期で、普段は横浜にある営業部にいるんです。そう、あの人と同じなんですね。今日はあの人と同じ講習会に出るために来ていて、久しぶりに会うからヤマネさんがこの洋食屋のランチを予約していたらしい。一時間前にわたしも誘われたわけです。講習会の予定を知っていたなら、もっと早く教えてほしかった。あの人が来るって、心の準備ができたのに。

心の準備なんてしたって、なにも変わらなかったんですけどね。

「水野さん、選択が的確ぅ」

ヤマネさんが、さらさらのショートヘアにリスみたいな丸い目をきらきらさせて言いました。

「うん」

適当に頷いたけど、ほとんど生の黄身が溶け出すオレンジ色のオムライスの表面を見て、朝も卵を食べたのにだいじょうぶなんだろうか、と気になり出しました。コレステロール的な、飽和脂肪酸的な。きっと三個は使っているから、合計四個。

テーブルとテーブルの間を横向きにすり抜けて、店員がヤマネさんの注文の品を運んできました。

「おおー、来た来た。前言撤回します。海老フライ最高！　わたしは海老フライが食べたかったんですよ、朝から」

「ヤマネっちは、なんでもおいしいんだよね」

今日も完璧なメイクのモリさんが、丁寧に巻いてきた長い髪をクリップで留めながら言いました。

「モリちゃんはすぐそういうこと言う。今日のわたしは海老フライだし、オムライスもおいしそうじゃん。正しいでしょ」

そのあとモリさんのハンバーグも運ばれてきて、おいしいと連呼してお互いに一口ずつ交換し合ってまたおいしいと言って、食べ物のことだけに集中しました。両隣の、ほとんど同じテーブルといってもいいくらいくっついた席にいるわたしたちと似たような女子会社員たちも似たようなことを言い合って、同じように交換しながら食べてました。別のグループと人員を交換しても気づかずに食べ続けるかもしれない。そんなもんですよ、会社員なんて。

「あ！」

料理がほとんどなくなりかけたところで、ヤマネさんが甲高い声を上げたので、隣の席の人たちがこっちを見ました。ヤマネさんはその視線はまったく気にしないで、妙にうれしそうな顔で言いました。

「モリちゃんと同じ部署の加藤さんてわかります？　ちょっとヒュー・ジャックマンっぽい」

「えええー、ヒュー・ジャックマン？　ぜーんぜん違うって」

「だから、ちょっとだけだって。その加藤さんが、水野さんのことかわいいって言ってたらしいんですよ。さりげなーく、飲み会設定してくれないかって聞かれてるんですけど」

「全然さりげなくないよ。そして、なんで同僚のわたしも知らないのにヤマネっちがそんなこと知ってるの？」

モリさんはしばらく不満を言ってました。最後に運ばれてきたハンバーグはいちばん最初になくなりました。わたしは最後のひとかたまりになったオムライスをスプーンでつついた。

「なんとなく顔はわかるけど、ヒュー・ジャックマン……。あのー、なんか、こういうこと言うとすごいやな感じとか傲慢女みたいになると思うんだけど、わたし、自分に関心持ってる人って、なんていうかその、苦手で。できれば、言わないでほしかった、です」

挨拶くらいしかしたことがないのに。

わたしの頭を占めていたのは、あの人にも伝わっていたらどうしよう、ということですよ。モリちゃんと同じ部署ということはあの人と同じ職場じゃないですか。あの人と話したりしてるかもしれないじゃないですか。あの人。わたしの名前なんて、聞かないでほしい。わたしのことなんて、思い出さないでほしい。

「なんで？　かわいいって言われたらうれしくないですか、フツー」

首を傾げたヤマネさんは、やっぱり小型の哺乳類のような愛らしさを振りまいてる。

モリさんは、お皿をテーブルの端に寄せ、氷の溶けた水を一口飲みました。

「それなりにいいんじゃないですか、あえて推しませんが」

「もう、モリちゃんてば。盛り上がるものも盛り上がらないじゃん。水野さん、そんなにヤですか？」

「いやっていうか……、わたしはよく知らない人だし。そういう人になにか求めてもらっても、わたしにはなんもないからどうしていいかわからない、かなーって」

嫌味に聞こえるのを恐れて語尾を付け足してみました。わたしはこの職場ではまだ新参者ですからね。

店員が食後のコーヒーを運んできました。ヤマネさんはモリさんの分のガムシロップも取って自分のグラスに入れながら、言いました。

「思われて結婚するほうが幸せになれるって言うじゃないですか？」

「いきなり結婚かよ」

焦げ茶色に透けるアイスコーヒーをかき混ぜながら、モリさんが笑う。カップの中で混ざっていくコーヒーとミルクのグラデーションを確かめてから、わたしは言いました。

「わたし、自分の好きな人しか興味持てないからダメなのかな。話とか全然聞けないし」

ヤマネさんを見ていると、聞き上手が好かれる、ということがよくわかる。ええー、ほんとですかあ、すごーい。わざとやっているわけではなく、今だってわたしの話を素直に、一生懸命聞いている。ちょっとしたウソを言ってもすぐに信じて大きなリアクションを取ってくれる。かわいいですよね。話す甲斐がありますよね。

「水野さん、ほんとはモテるからそんな余裕があるんですよ」

「ヤマネっちみたいにいつでも恋愛モードじゃないんだって。わたしなんか、彼氏ほしいって気にもならないんだよね。メールする手間とか考えただけで、気が滅入る」

「若いのに」

わたしが笑うと、

「年は関係ないですよ」

モリさんは、髪を留めていたクリップを外した。

ヤマネさんとモリさんが女優だとして、連続ドラマに出演するなら、逆のキャラクターにキャスティングされるだろうな、と思う。童顔でボーイッシュなショートヘア、ナチュラルメイクのヤマネさん。毎日抜かりのないメイク&巻き髪にギャルっぽいファッションのモリさん。男ってノーメイク信仰みたいのがあるじゃないですか、と前にモリさんが言っていたのを思い出します。ナチュラルなのがいい、とか言うじゃないですか。無農薬野菜がいいみたいな感じですかね、あれ。そうそう、言いますね、確かに。

雑居ビルの地下にある店には窓がなく、外が見えるのは入口のガラス張りのドアだけ。もう待っている人はいません。みんな同じ時間に同じ行動をしているから。

「好きじゃない人に、してほしいことって、なんにも思いつかない」

自分でも、急に言ってしまった、という感じでした。昼休みに同僚女子と恋愛話なんて、たぶん前の会社でもしたことがなかったんですよ。多少動揺しているのかもしれませんね。「販売促進戦略講習」などという無愛想な名前の会のせいで。

ヤマネさんは、他意なく不思議そうな顔でわたしを見てました。

「えー、自分のこと好きな人にはなんでもしてもらえるんじゃないんですかぁ？　わがまま言ってもだいじょうぶなんだから」

「だって、好きな人にはなにされてもうれしいから、その人がわたしにできることはたくさんあるけど、たとえば、わたしがなにをしてもその人がわたしのこと好きじゃなかったら無意味だから、わたしができることはなにもないってこと、だと思うんだけど……」

また語尾を曖昧にしてしまいました。きっと、言った内容自体がつまらないからですねー。ですよねー。早くこの話題を終わらせたい。頭に次々浮かぶ、それこそどうでもいいことをうっとうしく思いながら、コーヒーを飲みました。ミルクを入れすぎたので、もうぬるくなってます。ヤマネさんは、ずっとかわいらしい笑顔のままです。

「頼み事とかしたらよろこぶじゃないですか、男の子って。どんどん言っちゃえばいいんですよ」

「甘えた声出して頼むとかいちいち説明するとかお礼言うとか、すべてが面倒。わたし車も運転できるし腕力もあるし機械もパソコンも得意だし、自分でやったほうが早い」

モリさんがずっとかき混ぜているアイスコーヒーのグラスの中で、氷が崩れていきます。わたしは思わず笑ってしまいました。

「ま、そのとおりかもね」

「二人ともなんでそんな達観しちゃってるの？　人は助け合わないと生きていけませんよー」

ヤマネさんは今流行《はや》っているらしい「アヒルロ」で抗議します。モリさんは相変わらずコーヒーを飲まないでかき混ぜているだけでした。

「やることいっぱいあるから、不確定っていうか不確実な相手に使う時間なんてない。好きとか誘うとか誘われるとかぐだぐだ考えてる時間がもったいないよ。そうですよね、水野さん」

二人分の目に見つめられて、わたしは、

「わからない」

と答えました。隣のテーブルの三人組が立ち上がった。反対側の三人組も帰り支度を始めた。次はわたしたちでした。


昼食を終えて無事に時間内に社に戻りました。裏通りにある通用口からビルに入り、社内の人はあまり使わないほうのエレベーターを待つ。わたしたちの他に待っているのは、別の会社の人らしい小柄なおじさん。

「水野さん、モテないっていつも言いますけど、絶対ウソだと思うんです」

ドアが閉まると同時に、ヤマネさんが話を蒸し返します。

「なんで？　だって、ほんとに一回も告白とかされたことないよ。みんな、あるんでしょう、そういうの」

「えっ、一回も？　好きです！　じゃなくても、ちょっとつき合って的なのとか……」

素直な驚き、を表すときはこういう表情をすればいいのか、と学ばせてもらいながらわたしはヤマネさんの顔を眺めました。

「ない。食事に誘われたことすら、一回もない。なんとなくいい雰囲気になって……、みたいなのも、想像がつかない。女子として何か欠けてるのかも」

いちばん奥でもたれて立っているおじさんは、腕組みをして目も閉じていて、というより開いているか閉じているかよくわからないタイプの目で、じっとしていました。ヤマネさんはなおも食い下がります。

「でも元彼の話してましたよね？」

「つき合ったの三か月ぐらいだし、わたしから言ったから。ふられたことは何回もあるけど、逆はない」

「えーっ」

「えー、ってほんと失礼だよね、ヤマネっち。たぶん、水野さんはそういう気配を察知してすぐ避けるんじゃないですか？　無意識に。ヤマネっちは隙だらけなんだって」

モリさんが言うと、ヤマネさんはまた「アヒルロ」になりました。それを横目に見てモリさんは続けました。

「いいじゃない。隙があるほうがモテるって、雑誌とかに書いてあるし。よく知らないけど」

「自分では普通にしてるだけだもん」

ヤマネさんは常に素直です。

うしろのおじさんが頭を掻きむしりながら大あくびをしました。

ぴんぽーん、と音が鳴って九階でドアが開くと、スーツ姿の人がたくさんいて、あの人もいました。またもや、わわわ。一瞬だけ顔が見えました。あの人にわたしのことが見えたかどうかは、わかりません。ヤマネさんが、じゃーねー、と手を振ってドアが閉まった。おじさんが、またあくびをしました。


あの人の彼女を、一度だけ見たことがあるんですね。去年の夏に、駅の改札のところで待ち合わせをしているところを、見かけたんです。普通の人でした。特別美人でもなかったし、雰囲気があってかわいらしいとかでもなかったし、普通で、というかむしろ、わたしに似ているような気さえしました。だから、やだな、と思いました。それってきっと、やさしいとか心が安まるとか、内面に素晴らしいところがあるってことじゃないですか。わたしではだめで、彼女にしかない、やさしさがあるってことじゃないですか。

あの人と最初に会ったのは大学二年のときで、そこそこ仲のいいグループの友だちの友だちという関係で、たぶんわたしは会ったときからあの人のことが好きだったけどあの人には高校からつき合っている彼女がいると聞いてました。あの人がその彼女と別れたとき、わたしは別の人とつき合ってました。そう、たった三か月だけの彼。タイミング、悪っ。大学を卒業して、二回くらい何人かで集まったときに会ったけど、そのまま疎遠になった。そのあいだに、わたしはまた別の失恋（これは片想い）をして、おととしには転職して、その半年後にあの人がここの会社にいることに気づいたんです。

そして、三か月前、春先に手紙を書いた。

桜柄の便箋で。

可能性はないだろうってわかってたんですけど。気持ちに区切りをつけたい、とか思っただけなんですけど。

それなのに、まだ、ぐずぐず思ってます。

あの人とは、わたしのほうが先に出会ったのに。と、なんの意味もないことを思ってます。ああ、やだなあ。

ということで、席を立って廊下の自動販売機でコーヒーを買う。カップに流れ落ちていくコーヒーのにおいを吸い込みながら、今日は卵四個、コーヒーも四杯目、と思いました。昨日は卵二個、コーヒーは三杯。おとといも、その前もだいたいそれくらい。卵とコーヒーで、わたしの何割かは構成されているんでしょうね。

五時を過ぎてからチームリーダーに仕事を頼まれて、会社を出られたのは結局七時過ぎで、〈そのへんのお店見てるから気にしないで！　着き次第電話プリーズ？〉とメールが返ってきたえり子に電話できたのは八時前でした。

渋谷の西口でモヤイ像の近くの柱にもたれて、到着したり出ていったりするバスを眺めてました。夜のバスの車内は、蛍光灯で青っぽい光を発していて、水槽が動いているみたいに見えました。人間水槽。水槽人間。

「かなみー」

振り返ると、えり子は背の高い、というよりは細長いという形容のほうがしっくり来る茶色いTシャツの男の子を連れていて、やっぱり一か月ぐらい前に会った彼氏か、と思いました。その細長い人は体を折り曲げるようにして挨拶をしました。

「こんばんは。はじめまして」

はじめまして？

「こんばんは」

そう返したときには、前に会った彼じゃないことを理解してました。背格好も雰囲気も似てるけど、確かにこんな顔ではなかった。といっても、前の彼氏も一回会っただけなのではっきりとは思い出せないんですけどね。

彼は、茶色いTシャツにプリントされたアメリカンな熊のイラストと同じく愛想の良い笑顔。その隣でえり子は、さらにうれしそうに軽やかな声で言いました。

「ケイゴくんです。かなみには会ってもらっとかないとね」

「あ、はい」

わたしはもう一度、軽く頭を下げる。ケイゴくんは背が高いので、わたしが見上げると顎の無精髭がやたらに目につきました。

「いつもお話は聞いてます。かなみさん、ドラムが超うまくてかっこいいって」

「いえ、最近はもうやってないですから」

「なんでですか？」

一瞬、どう答えたらいいのかわからなくて、頭の中が空洞になりました。ケイゴくんとえり子のうしろで、すでに酔った学生の男の子たちがその中の一人を肩車しようとし始めてました。

「なんとなく」

わたしは答えました。ほんとうにそれ以上の理由はなかったので。学生たちの肩車は失敗し、三人が道に転がりました。

向かう店はケイゴくんのお薦めらしく、ケイゴくんが先に立って、わたしとえり子がうしろに並んで歩道橋に上がりました。歩道橋の上には高速道路の高架があって、上にも車が走っているんだなと思いながら、下の道路を走っていくタクシーのライトを目で追っていました。ケイゴくんはどこかから電話がかかってきて携帯で話し始めました。細長い背中を丸め気味にして歩いていく。

えり子の好きなタイプは「トイ・ストーリーのウッディみたいな人」。カウボーイの、手足も顔も長い人。だから、こういう人は三人目なんですよ。前の前の彼氏も、似たような人だった。並べてみても間違うかもしれない。ウッディ1号、2号、3号。

「えーっと、こないだのはどうしたの？」

ウッディ2号は？

わたしはえり子に体を寄せて聞いてみた。えり子は、ケイゴくんのうしろ姿を満足そうに見つめていました。

「いやー、ラブが発生しちゃったからね、仕方ないよ。もう平謝りで。ほんとに悪いことしたなって、思うけど」

「いつ？」

「先々週かな。あ、ケイゴくんはね、半年ぐらい前から知り合いではあったんだけど、ほら、ライブ行くって言ってたじゃない？　あの帰りに、こう、わーっと嵐が訪れたっていうか。ラブの嵐が」

「あ、そう」

歩道橋は上下に揺れます。ふわふわと宙を歩いているような感触がしました。えり子はその「ラブ発生」以来ずっと地上五センチくらい浮き上がっているだろうから、歩道橋が多少揺れても気づいていないんだと思いました。

「ケイゴくんのほうも彼女いたんだけど、お互いちゃんと別れてこようって話し合って。おとといから晴れてつき合うことになりました！」

えり子は右手を高く上げて、選手宣誓みたいなポーズを取りました。

「よっぽど合うんだろうね」

「うん。もう、めちゃめちゃ楽しいよ。あ、こっちだって」

歩道橋の先が二つに分かれたところで、いつのまにか電話を終えたケイゴくんが長すぎる腕を工事現場の警備員みたいに大きく振っていました。

あの人に書いた手紙には、長い間、と書きました。最初に会ってからもう七年経っているから、長い間には違いない。だけど、誰に言っても信用されないと思います。そのあいだに、わたしは別の人も好きになったし、失恋もしたから。

長い間、なんて。

嘘にしかならないのです。

ウッディ3号お薦めの、串に刺さっていない焼き鳥はとてもおいしかった。

新宿駅でホームに停まっていた電車のいちばんうしろの車両に乗り込んだ瞬間、すぐ前にいた人と顔を見合わせました。

「あ」

「あ」

細長い体格、ウッディみたいな男。そう、2号です。打ち合わせでもしてきたようにケイゴくんと同じような茶色いTシャツにジーンズ姿でした。ただし茶色いTシャツのプリントは熊ではなく、アルファベットで「All You Need is LOVE」と書いてありました。愛こそすべて。もう一度繰り返していいですか。愛こそすべて。

彼はわたしの顔を見て三秒ほど静止してましたが、

「やー、もう、ハートブレイクですよ」

と、急に大げさに首や腕を脱力させて言いました。

「はあ、あの、……聞きました」

ついさっきニュー彼もいっしょに会いました、とは言えないですよね。あなたとよく似た人でした、などとはよけいに言えない。

「まさかねー、全然予想してなかったから、衝撃でした。青天の霹靂《へきれき》、って漢字調べたりして」

彼は、ははは、とむなしい笑い声を聞かせてくれました。

「そうですよね」

と曖昧な愛想笑いで言いながら、自分の服に染み付いた焼き鳥屋の煙のにおいが気になっていました。さっきまでえり子とニュー彼といっしょにおいしいもの食べてました、と煙のにおいに主張されている気がしました。そして、目の前にいる彼の名前が思い出せないことも、悪いことをしているみたいな気持ちになりましたよ。

発車のアナウンスが流れ、五、六人が駆け込んできたのでわたしたちは移動して、彼は吊革を持ち、わたしは銀色のつかまり棒を握った。ベルが鳴り、もう三人ほどが駆け込み、最後の一人はドアに挟まれ、それから電車はゆっくりと動き出しました。

「おれ、えり子さんのこと結構好きだったんですよ。結構、とか言うと変か。まあ、かなり落ち込んでます」

電車がカーブにさしかかり、うしろの乗客のリュックサックが背中を押してきました。すぐ隣に立つ女の人が、あからさまに不機嫌な顔をして振り返った。わたしは、名前のわからないウッディ2号を見上げてました。

「そうですよね」

そのあとは、二駅無言で通過しました。お互い、特に話題もないわけです。彼は、吊り広告を見てました。吊り広告は彼の頭のすぐ近くにあったから、ほんとうに背が高いんだなと感心しました。週刊誌の広告には、政治家の愛人問題について大きく書いてありました。みなさん、大変だ。

さらに次の駅を出発して、なにか言ったほうがいいのでは、という気持ちが大きくなり、とりあえず聞いてみました。

「お仕事帰りですか？」

彼もほっとしたのか、表情が弛《ゆる》みました。

「今、専門学校行ってて。作業療法士の」

「サギョウリョウホウシ」

わたしはオウム返しに言ったけど、どんな内容の仕事なのかよくわかっていなかった。彼も説明しなかった。代わりに、言いました。

「まあ、えり子さんは素直だから、即正直に言ってくれてよかったっすけど」

彼はわたしの返事を待たずに、一つ遠くの広告に視線を移しました。沿線の行事予定の地味な広告でした。

「わたしも、このあいだふられたんですよ」

彼はこっちを向きました。

「手紙書いて渡したんですけど。結果をかいつまんで話すと、『ありがとう』って言われたんです。それで、すっごい腹立って」

「え、そうなんすか？　なんで？」

彼は吊革を両手で持ち、腕の間からわたしを見下ろしていました。

「なんだよ、ありがとうって。わたしなんにもしてないし、っていうか、なんにもさせてくれないのに、なんでそういうきれいなまとめ方しようとするんだよ、的な」

すぐ前で座っている女の子が、ちらっとこっちを見たような気がしました。窓の外の夜の闇に、チェーンの居酒屋の看板が光って遠ざかっていきます。

「かなみさんの言いたいことはなんとなくわかりますけど……」

わたしの名前、覚えてくれていたんですね。ごめんなさい、ウッディ2号。あなたの名前は、どうしても思い出せません。

「あ、ごめんなさい。今大変なのはわたしじゃないですよね。わたしはもう、だいぶ前のことですから、全然、立ち直ってます、癒えてますから」

「なんか、ありがとうございます。気を遣ってもらって。……えーっと、今の『ありがとうございます』はだいじょうぶでしたか？」

「はいはいはい、だいじょうぶです、だいじょうぶ」

だいじょうぶ、はなんにでも使える。そして、だいじょうぶ、という返答以外必要ない。

だいじょうぶ？　うん、だいじょうぶ。

だいじょうぶじゃない、なんて言えません。ほかの答え方があるんなら教えてください。

しばらく窓の外を見ていた彼は、

「ああ、悔しいなあ」

とだけつぶやきました。

それから、言った言葉を取り消すように慌てた動作で、肩にかけていた袋に手を突っ込んで紙を取り出しました。

「これ、よかったら。今度グループ展やるんで。これが、おれです」

それは葉書で、四角い中は八つに区切られていて、版画風のイラストやアメコミ風のキャラクターが並んでました。彼が指差した先は、妖怪がロボットをかぶったようなフィギュアの写真でした。

「このぐらいで、樹脂で作るんです」

彼は人差し指と親指で大きさを示した。へー、すごいですね、行けたら行きます、と言ったけど、たぶん行かないのはわかっていました。そういう人間なんです、わたしは。だから縁遠いんです。

またしばらく会話が途切れ、一駅通過したのを見てから、わたしは言ってみました。

「最近、悩むのって暇だからかなって思うんですよね。趣味でも持ったほうがいいんじゃないかなって。わたしが作るんだったらなにがいいと思いますか。手先はけっこう器用です」

彼はしばらく電車の天井を見て考えたあと、言いました。

「刺繍？」

わたしの頭に最初に浮かんだのは「詩集」という漢字でした。手作りの詩集かぁ。路上で売るとか？

「こないだ青森の子にお土産でもらったこぎん刺しっていう伝統刺繍がすごいよくて。だれでもできるキットもあるらしいですよ」

やっとわかりました。針と糸のほうね。

「どこ行ったら売ってるんですか？」

「ごめんなさい、そこまでは……」

「じゃ、とりあえず明日ユザワヤ行ってみます！」

「なかったらすいません」

電車は、減速した。駅の白い光が目に飛び込んできました。彼は吊革から手を離しました。

「乗り換えます。じゃあ」

「さよなら」

彼といっしょにたくさんの乗客が降り、わたしは目の前の空いた席に座りました。

電車はしばらくドアを開けたまま、停車していました。最後尾の車両だから、ドアのすぐ前のホームには誰もいなかった。携帯電話を開いて「こぎん刺し」と入力して検索してみました。だけどなかなか表示されないので、顔を上げてまた開いたままのドアを見ました。

誰もいないホームのコンクリートは明るく広くて、途方もない空洞のようでした。

さっきまでそこにいた人は、遠く離れていきます。

ほんの、ちいさな場所で

「ごんさん、ごんさん」

雨がガラス窓に当たって、水滴がそのまま表面を滑り落ちていくつもの流れを作っていた。空はところどころ灰色の、全体としては白で、この上の青い空はもうなくなってしまったんじゃないかと思うくらいに、雲は厚かった。あの上を飛んでいる飛行機からはまぶしくて目を開けていられないくらいの真っ青な空と太陽が見えている、と想像すると、まるでここことは別の世界が存在するような気持ちになる。

「ねえ、ごんさん」

別の世界。今、わたしがいるのは、地上三階。二年四組。窓際の机の上に右腕をだらーっと伸ばして、そこにぴったり顔の右側をくっつけて、いくらでも雨が落ちてくる白い空を窓ガラス越しに眺めている。ガラスにくっついた雨粒には、教室と空が映り、ぐにゃっと曲がったいくつもの世界が散らばっている。眼鏡の縁が腕と頬に食い込んで少しだけ痛みを感じる。

「ごんさん、ってば」

右手首をつかまれて、わたしは体を起こした。途端に、教室の中の騒がしい声が右耳に飛び込んできた。机の前には、中田さんが立っていた。

「もう、お昼にもなってないのに寝てんの？　あのさ、麻央《まお》ちゃんたちが呼んでるよ。あそこ」

中田さんが遠慮気味に指差した先を見ると、教室のうしろのドアの前に原田麻央がいつもいっしょにいる二人を両側に従えて、こっちを見ていた。

同じクラスの中なのになんで人に呼びに来させるわけ？　とは言わず、わたしは無言で中田さんに軽くほほえんでから、がたがたと位置のずれた机のあいだを歩いた。

原田麻央は、胸の下まである自慢のロングヘアの毛先を自分で触りながら、言った。

「あのね、ごんさん、今日は体調とか悪いのかな」

「いや、別に」

「今朝、来なかったよね、練習に。アルトでいなかったの、ごんさんだけだから、ちょっと心配になっちゃって」

原田麻央はやさしいほほえみを崩さなかった。ほんとうに心配してるのかもな、と思ってみる。世の中には自分のこと以外も親身になって心配してくれるやさしい人がたくさんいるのは知ってる。

原田さんの両脇をアイドルユニットのように固めている女子二人が交互に言った。

「火曜もいなかった」

「麻央は、今朝七時に来たんだよ」

「それはわたしが自主的にやってることだからいいの」

台本でもあるんだろうか。わたしは曖昧に愛想笑いを作って、三人の顔を見た。

うちの高校では毎年六月半ばに恒例の行事としてクラス対抗の合唱大会がある。一年から三年まで、学年は関係なく順位がつけられるのと、会場が校内ではなく市の文化会館の税金の無駄遣いとワイドショーに揶揄《やゆ》されたこともあるパイプオルガン付きの立派なホールで保護者も観覧可能なため、体育祭に次ぐ大きな行事ではある。だけど、当然のことながらそのときのクラスの人員の組み合わせによって、このように妙に盛り上がってしまうこともあれば、一年のときみたいに「なんだか困ったな、上手く歌うのとか逆に恥ずかしくない？　でもいちおうやってみようか」という微妙な雰囲気のまま当日を迎え、順位も下から三番目、会場を出ても流れ解散、ってこともある。いや、別に、わたしはがんばりたくないとか協力したくないとか合唱大会なんてばからしいとか、そんなことを思っているのでは断じてない。

原田麻央は続けた。

「クラスのみんな、ほんとにすっごいがんばってるのね。順位がどうとかじゃなくって、一つのことに向かってがんばれるのって、今しかできないことだと思うのね。来年は受験だし」

なんでそんな先生みたいなこと言うのかな、若いのに。

すぐそばの机で突っ伏して寝ていた男子が、どうやらわたしたちのやりとりに気づいて聞き耳を立てているのが、わかった。男って意外に女子同士の争いをおもしろがる。わたしは、あっちもこっちも面倒になった。

「今朝は、たまたま来れなかっただけだから。原田さんたちもみんなも、ほんとがんばってるよね」

「ありがとう、ごんさん。わかってくれてうれしい」

原田さんは両手でわたしの腕を握って言い、両側の女子が明日も七時からだからね、と繰り返した。

席に戻りかけて、わたしは振り返った。

「あのさ」

廊下に出ようとしていた三人もこっちを向いた。

「わたし、ごんさん、て呼ばれ方、好きじゃないんだけど」

原田麻央は、きょとんとした顔になって、ちょっと間をおいてから言った。

「みんな呼んでるじゃない」

「そうだね」

わたしはそれ以上向こうの反応を確かめないで、席のほうへ歩いて行った。狭い空間に、少しずつ歪んで四十組の机と椅子。教室に残っているのは三分の一くらい。そのほとんどが寝ている、または寝ているふりをしていた。

ごんさん、という呼び名の由来は、一年のときに同じクラスだった男子が、わたしの眉毛が日産自動車CEOのカルロス・ゴーンに似てると言い出したことによる。入学間もないことでもあったし、それもまた緊張関係を和らげるための気遣いだろうとも思ったし、しばらくして比較的仲良くなった周囲の子たちのことはわたしは好きだったし、「ゴーン」が「ごんさん」になったその呼び名に親愛の情みたいなものも感じたので、まあいいかな、と思ってきた。

そりゃあ原田麻央たちのように自分の仕上がりをしょっちゅう鏡で確認しなければならない女子たちとは違うが、十七歳になったばかりで性別は一応女に○を付ける自分が、眉毛がカルロス・ゴーンに似てると言われてうれしいわけはないのであり、親しくもない子たちからその事実を毎回知らされる呼び名を連呼される筋合いはない。でも、こういう説明をしてわかってもらいたいと思うほど、わたしは原田麻央たちと関わりたいわけではない。

だからわたしは席に戻った。

うちの高校は、朝ではなく二時間目と三時間目のあいだに担任が連絡事項を伝える時間があるため、その部分の休み時間が三十分ある。だから運動部の男子なんかは今弁当やらパンやらを食べる。隣の席の山下は食べ終わって寝ている。ちょうど二時間目の国語IIはうちの担任だったので、授業の終わりがけにちゃちゃっとホームルームも済ませてしまった。連絡事項は昨日とまったく同じ。合唱大会の朝練は近所の迷惑にならないように窓を閉めて、午後五時以降は校舎に残らないように。

それに張り切って、はーいと返事をしたのも原田さんたちだった。

合唱大会の選曲や練習は、すでに四月の終わりから始まっていて、吹奏楽部の中田さんや生物部だけどウクレレの得意な稲垣さんたちが、クラス全体の無関心にもめげずにコーラスパートをアレンジしたり、わかりやすく解説を書き込んだ譜面をコピーして配ったり、それでも放課後の二十分だけの練習に残るのはクラスの三分の一ぐらいしかいなかった。それが六月に入った途端、原田麻央を中心としたラクロス部の女子たちがなぜか突然盛り上がりだし、この月曜の朝練のときなど、みんなが来てくれてうれしいと言って涙ぐみ、それにつられて周りの女子たちも泣いて、わたしや最初から練習に参加していた女子、つまり「地味」と分類されてきた数人はすっかり気持ちが冷めた。ところが、最初はうぜーとかだりーとか言っていた、行動の基準が女子ウケの男子たちは彼女らを持ち上げて「原田たちがこんなにがんばってるんだからちゃんとしようぜ」などと加勢する始末でうんざりし、わたしは火曜も今朝も遅刻ぎりぎりの電車にわざと乗ったのだった。

席に着きかけて思い直し、チョークの粉が舞って埃っぽい黒板の前を通って、廊下へ出た。

長い廊下のあっちこっちで三、四人の塊になった生徒たちが互いの携帯電話を見せ合い、覗き合い、笑ったり不満を言ったりしていた。雨のせいで汚れた廊下と、湿気の充満した細長い空間には、大勢の声が響いてうるさかった。隣の三組の黒板には、まだ前の授業の板書が残ったままだった。深緑色に白と黄色のチョークで、重力の計算の仕方が書かれ、太陽系の惑星が図で示されていた。

宇宙は、教科書とかテレビとかインターネットやプラネタリウムの中にあって、ここことは関わりのない場所としか思えない。わたしのいるここが、あの白い線で描かれた太陽系の中の、丸い星の中の、さらに小さな陸地の上にあるなんて、きっと誰もほんとうには信じていない。校舎の外の、雨が延々と降り続いている厚い雲を突き抜けたら青い空があって、その空もぎゅーんと突き抜けたら真っ暗な宇宙があるなんて、たぶんウソなんだろう。だって、わたしが生きているあいだにロケットに乗って宇宙に行くことなんてないから。

トイレの前にも、女子たちが固まっていたので、通り過ぎて意味なくその向こうの階段を降りかけた。ちょうど上ってきた松井健太と、ばったり会った。

「おー、沼田じゃん。また図書室?」

健太が聞いた。背が高いので、三段ほど上にいるわたしと視線が変わらない位置にあった。

「ま、そんな感じ」

「沼田のクラス、合唱やたら張り切ってるな」

「そうみたい」

と答えると、健太は軽く笑った。

健太とは小学六年でも中学二年と三年でも、高校一年でも同じクラスだった。背が高いし顔もそこそこだし話しやすいからか、女の子には好かれるらしい。女子から「沼田さんて、松井健太くんと仲いいの？」と聞かれることもときどきある。仲がいい、というほどのことはない。気軽にしゃべれる、程度。

「毎日朝練あるんだよね」

「ははは。そんなわかりやすく面倒そうな顔するなって」

そのとき、健太のうしろ、階段の踊り場にサナちゃんが現れた。

あっ、サナちゃん。

と、それを顔に出さないように、わたしは健太と話し続けた。

「最初はわたしのほうが熱心にやってたぐらいだったんだけどさ。いろいろあるから、人間関係って」

「沼田が難しくしてるんじゃねーの？」

話しながらも、わたしは視界の隅にサナちゃんをとらえ続けていた。サナちゃんは、茶色いショートヘアがいつもと変わらずとても似合っている。まつげの長い、アーモンド型の目が、健太の背中を見ている。立ち止まらないで、そのまま階段を上がってきた。立ち止まらないって意志を持って上っているのだと感じていて、健太と会話する声が軽くうわずってしまう。

「そんなことない。いろいろ大変だな、って思ってるだけ」

「ちゃんと朝練行ってるんだ」

「今日は行ってない」

「やっぱりそうか」

と健太がまた笑ったところで、サナちゃんが健太の左側を通った。すれ違うときに、「おはよ」

とわたしに言った。

「あ、おはよう」

わたしは、今気づいたふうに、わざとらしく反応し、軽く手を振って、それから健太に向き直った。健太はちらっとサナちゃんのほうを見たけど、特に表情は変わらず、

「じゃ、がんばって」

と言って階段を駆け上がり、サナちゃんとは反対のほうへ廊下を進んでいった。

階段に取り残されたわたしは、どこへ行けばいいのかわからなくなって、というか、

もともと目的地なんてなかったからなにしに来たんだっけと思ったけど、健太に図書室って言われたからとりあえず一階の図書室へ向かって歩いた。

　コンクリートの上にリノリウムを張った階段は雨のせいで冷たさが浸みてくるようで、教室よりも寒かった。階段を上ってくる生徒がほとんどで、わたし一人が逆行していた。

　サナちゃんと健太は一年のとき同じクラスで、七月から十二月までつき合って別れた。サナちゃんはたぶん、まだ健太が好きだと思う。さっきも、健太を見た瞬間に動揺していた。それをわたしに気づかれたくなかっただろうから、申し訳ないことをしたな、と思う。

　サナちゃんも健太もいなくなった階段を、誰かが駆け上がっていった。

　健太がサナちゃんをどう思っているのか、わたしは知らない。

　この時間は開いているはずの図書室はなぜか鍵がかかっていた。今日は巡り合わせの悪い日なのかもしれない。廊下側の掲示板に貼られた、新着本のリストを確認した。二か月前にリクエストカードを書いた山本周五郎の「さぶ」はまだ入っていなかった。「人体図鑑」はちょっと気になった。それから教室へ、今度は一階の廊下を端まで歩いてさっきとは別の階段を上がった。

運動場は誰もいなくて、砂に雨の跡がついていた。何日か前に引かれた白線の残骸がまだこびりついていた。ポケットから携帯電話を取りだし、それを写真に撮ろうとした。でも、遠くて小さくて、ちゃんと写らなかった。

原田麻央のことを好きになれないのには、松井健太とつき合っているらしい、と聞いたことも加算されている。確かに何度か、下校中にもいっしょにいるところは見た。でもいつも、ナガサワという健太がしょっちゅうつるんでいる男子と三人だったし、ナガサワと原田麻央は家が近所らしいからそれでついでにいっしょにいるだけなんだと思った、というか、思うことにしていた。

サナちゃんのほうが、断然美人だし性格もさっぱりしてるし洋服のセンスもいいのに、と思う。原田麻央は、頼りない顔をしている。ちょっと目がタレ目気味なの以外は目立った特徴はなくて、甘えた声で話すから誰にでもそれなりに愛想良く見える。男子はああいうのが好きなんだろう。そこそこかわいい、親しみやすい、女の子っぽい、まあ、そういう感じの。

六時間目は、いちばん好きな世界史だった。それでも終わったら二十分とはいえ合唱の練習があると思うと気が滅入ったから、授業は聞かないで図説をめくって、ノートに地図と年表を描くことに集中した。

世界史の教科書を読んでいると、涙が出そうになる。授業中に教科書を読んで泣いていたらバカだと思われるから泣かないようにしてるけど、テレビドラマや映画の枕詞に使われている〝号泣〟は世界史の教科書にこそふさわしいとわたしは思う。戦争があって革命があって人がたくさん死んで少しでもいい世の中にしようと人々が立ち上がる。それがほんの数行の中に書いてある。しかも世間の人が大好きな「実話に基づく」話ばっかりだ。

横長の判型の図説には、右のページに世界地図があって、その時代時代の勢力図が色分けされている。地図の左のほうではローマ帝国が広がり、めくっていくと真ん中のトルコがどんどん大きくなり、そうこうするうちに右のほうでモンゴル帝国が想像を超えた範囲に勢力を伸ばす。

こんなに広いところまで！　こんなに遠いところまで！

今のわたしたちが車を使っても何日もかかるような距離を、彼らは馬で走って行く。そう思い浮かべるだけで、いても立ってもいられない気持ちになる。

だけどわたしは毎日同じ広さの教室で、小さな机に教科書と図説とノートとペンケースを重ねて並べて、同じ大きさの窓から同じ風景を見ている。窓ガラスでは、相変わらず水滴が流れていた。道路の向こう側の建物の非常階段で、若い男が煙草を吸っていた。青白い煙が、雨の中へ紛れていった。

楽しい楽しい世界史の時間が終わってしまって、机と椅子を教室のうしろ側へ寄せて、わたしたちは三列に並んだ。ラクロス部員が、教卓の上に置いた丸いスピーカーに iPod をつなぎ、伴奏が流れる。わたしたちは歌い出す。課題曲は「流浪の民」。

いつから指揮者になったんだよ、とつっこみたい気持ちも失せるほど、原田麻央たちは当然のように前に出て、指示を出している。

流浪の民。流浪なんて、ここにいる誰もきっと理解していない。もちろんわたしも。なんだかなーという気持ちになってしまうのは、原田麻央もその他ラクロス部員といっしょに熱心に合唱する女子たちも、彼女たちに味方する男子も、自分たちが一生懸命がんばっていると心から思っていることだ。いいことをやっていると自分を信じて疑っていない人には、やってくれるはずのことをやらないわたしみたいなのは心ない人間だって映るのはよくわかっている。

それにわたしは、自分のほうが正しいなんて言いたいわけじゃない。わたしより家が遠い子もちゃんと朝練に来てるんだし、ほんとうに正しいと思うなら原田さんたちに自分がこういう理由で練習をやる気がなくなった、と説明すればいいのだ。

自由曲はカーペンターズ。トップ・オブ・ザ・ワールド。世界のてっぺん。壮大な言葉ばかり、教室の中には溢れてる。

練習が終わって、いったんは一階のロッカーのところまで降りたのだけど、雨がまだ降っているので思い直した。弱い雨が風で吹き込む短い渡り廊下を通り、新館の階段を三階まで上った。去年できたばかりの校舎の壁からも床からも、薬品みたいな水っぽいにおいが漂っていた。踊り場の窓が一つだけ中途半端に開いていて、降り込んだ雨でクリーム色の床に小さな水たまりができかかっていた。アルミサッシを閉めるとき、びゅうう、と風の音がした。

理科室と視聴覚室が並ぶ三階の廊下は誰もいなくて一瞬、違う学校、廃校になってもう誰も来ない学校に間違えて入ってしまったような気持ちになった。

静かな理科室を通り過ぎ、いちばん奥の理科準備室の前まで来ると、女の子たちの声がした。ドアの上部の覗き窓から中を確認して、三十センチだけ開けたドアから頭をつっこんで大きな声で言った。

「稲垣さーん、蛇、触らせてー」

手前のテーブルでノートパソコンを覗いていた一年生らしき女子たちが一斉に振り返り、奥の窓際の水道で手を洗っていた稲垣さんもこっちを向いた。

「あー、ごんさん。今日はあんまり元気ないんだけど、みーちゃんはごんさんが好きだから喜ぶかも」

わたしが入っていくと、稲垣さんは棚からシマヘビの水槽を下ろした。おがくずの上で、茶色と黒の縦縞の蛇が一匹、ひとかたまりになっている。

「元気ないの？」

「餌食べないから、脱皮するのかも」

「脱皮？　いつ？　見たい」

「それはみーちゃんに聞かないとわからないよ」

稲垣さんがふたを開けて水槽に手を入れ、しばらく待っているとその手に巻き付きながら上ってきた。蛇が絡んだ手を稲垣さんがわたしの腕に近づけると、蛇は今度はわたしの手首に近づいて様子をうかがっているようだったけど、そのうちに張り付いてゆっくりと肩のほうへ向かって動き始めた。蛇の表面は、冷たくてつるつるしていた。規則正しく並んだ茶色と黒の鱗《うろこ》が、蛍光灯の白い光を反射していた。右手の指で蛇の背中、どこからどこまで首で背中でしっぽなのかわからないけど、を撫でてみた。頭からしっぽに向かって撫でるとつるつるだけど、反対に撫でると鱗が引っかかって全然違う硬い感触で緊張した。

蛇は小さな頭を持ち上げ、真っ黒でどこを見ているかわからない丸い目を光らせて、ついでに細い舌をときどきちろちろさせて、わたしの肘へ、まくり上げたシャツの袖へと、ゆっくり移動した。

理科室に通じるドアが開いて、大野先生が入ってきた。先生、といっても先週来た教育実習生で、二回、うちのクラスにも授業に来た。全体にひょろ長い体形で気の弱そうな雰囲気なのに、目だけはぎょろっと飛び出ている。ニワトリみたいな顔、と最初見たとき思った。大学院の一年らしい。

「おじゃましてます」

わたしは軽く頭を下げた。大野先生は表情を変えないまま、わたしの腕に巻き付いているみーちゃんを見た。

「蛇好き?」

「いえ別に。これは、なついててかわいいので」

「餌、あげてみる？　冷凍マウス」

「遠慮します」

稲垣さんに餌の話は聞いたけど、それにはもうちょっと慣れてからでいい。

「ごゆっくり」

大野先生はそれだけ言って、先生用の机のパソコンでなにかを確認すると、今度は廊下側のドアから出て行った。真ん中のテーブルの一年生たちは、ノートパソコンからプリントアウトした珪藻類の写真を、楽しそうに鋏《はさみ》で切り抜いていた。

流し台にもたれて稲垣さんが言った。

「去年、数学の実習生で赤坂って女の先生来たじゃない？　ちょっとぽっちゃり系の」

「ああ」

うなずいたものの、よく思い出せなかった。教育実習生なんて一か月もいないし、もう一年も前だし。

「大野先生、その赤坂さんが高校のときからずっと好きなんだってー」

「そんな話するんだ」

「一年の女の子たちがおもしろがって聞いてるのが、横で耳に入って来ただけなんだけど」

稲垣さんが話すのが聞こえていると思うけど、一年生たちはこっちに関心はないみたいだった。

「ここの、おんなじ生物部で、もう一人同学年の男子と赤坂先生がずーっとつき合ってて、誰もがうらやむ仲良しカップルで、大野先生は赤坂先生を思いながらも、その男子との友情もあったし、二人が幸せならと思ってずっと見守り続けてたんだけど、卒業してすぐにその彼氏が海で溺れて死んじゃって、で、今は彼女の良き相談相手、みたいなこと言ってた」

「なにそれ。ドラマかなんかのぱくり？」

わたしが眉をひそめると、稲垣さんは笑った。

「だよねー。高校生にウケようと思ってがんばったのかな？」

「さあ」

女子高生は誰でも恋愛の話が好きだ、というのは思い込みだ、というのはわたしの勘違いだろうか。みんな、誰が好きで、誰がつき合ってて、誰が別れた、って毎日のように盛り上がっている。なんでそんなに夢中になれるのかな、と思う。わたしだって、テレビの中の人や実際の人に対してかっこいいとかきゃーとか思うことがないことはないけど、あんなに一生懸命、相手の行動を追いかけたり、SNSの類に書いてあることに一喜一憂したり、贈り物をしようと画策したり、そういうエネルギーはない。どういう感じなんだろうか、一日の大半そういうことを考えて暮らすって。

ふと、階段で目が合った瞬間の、サナちゃんの顔が浮かんだ。半年前にサナちゃんと健太が別れてからも、サナちゃんが健太を目で追っているのを、何度か見てしまった。健太が気づいてるときは決して見ようとしないけど、少し離れた場所にいるとき、サナちゃんは健太を見ていた。まだ好きなんだと思った。

窓の外を見上げると、空は相変わらず雲で覆われていたけど、少しだけ明るくなっていた。

「大変だよね、教育実習って。そんなネタまで仕込まないといけないなんて。やっぱり教員免許取るのやめようかな」

「稲垣さん、先生になりたかったの？」

「ううん、資格取っといたほうがいいかなと思って。不景気だし。教員免許だって、そんなに役に立たないだろうけどねー」

稲垣さんは、みーちゃんの頭を撫でた。みーちゃんはわたしの肩のところから先へは上がってこず、頭を少し持ち上げたままじっとしていた。

わたしたちは、これから、どうなるのかな、と思う。受験とか将来への不安、みたいなことも一通りないとは言わないけど、そうじゃなくて、何年か後には今の自分と違う自分になっていることを、稲垣さんは今の稲垣さんと違う稲垣さんになっていることを、どんなふうに受け入れているのかな、ってときどき考える。五、六年経ったら、とりあえず高校生ではないし、今、自分の周りにいる大半の人とは会うことも連絡を取ることもないだろうし、その分、今はまったくなんの関わりもない人と毎日のように会うのかもしれないし、そういうことを考えていると、自分の腕に今絡まっているこの蛇も、稲垣さんと話していることも、全部、最初からなかったことになるんじゃないか、ってなぜか思うことがある。

「稲垣さんはー、今日も朝練行った？」

「うん。男子のほうもだいぶ合うようになってきたよねえ。あ、今朝バスとテノールを三人入れ替えたの、気づいた？　原田さんたちもがんばってくれてるし」

稲垣さんは、「流浪の民」の最初のところを小さな声で歌った。

「稲垣さんは心が広いね」

わたしは、飽きた様子の蛇を、水槽に戻した。手を水槽につっこむと、蛇は水槽の縁を伝ってするすると下りた。

ラクロス部の女子たちが、ちっちゃい携帯電話を延々といじって書き込んでいる液晶の中の世界で、わたしや稲垣さんや中田さんのことを「不思議ちゃん」とか「キャラ作ってる」とか言っていることを、たぶん稲垣さんも知っていると思う。

わたしの顔をしばらく見てから、稲垣さんは言った。

「パウンドケーキ焼いてきてくれたよ」

「食べ物で釣られるんだ」

「うふふ」

稲垣さんの気の抜けたような笑いにつられて、わたしもちょっと笑ってみた。

稲垣さんが楽しんでいることや、みんなが一生懸命やっていることを、わたしがつぶしたりけなしたりする権利なんてないのだ。と、思ってはいる。

理科準備室から出るとき、

「ごんさん」

と稲垣さんに呼ばれて振り返った。

「また来てね。次までに、裏庭のイモリ捕まえとくから」

「うん。ありがとう」

わたしは、イモリの赤と黒のまだらのおなかを思い浮かべながら学校を出た。

生物部で時間を取ったはずなのに、なぜか、原田麻央と同じ電車になってしまった。そして、原田麻央といっしょに、健太とナガサワもいた。同じ車両だったけど、離れた位置だったし、あいだに立っている人が結構いたから、向こうはわたしに気づいていないみたいだった。

座っていたわたしは、鞄から文庫本を出して広げた。三島由紀夫の「葉隠入門」。ほんとうは「葉隠」を読みたかった。前に見た外国の映画の中で、黒人の孤独な殺し屋が「葉隠」を愛読していたので気になっていた。武士道に興味があるわけじゃないけど、映画の中で繰り返される「武士道といふは、死ぬ事と見付けたり」という一筋がかっこよく聞こえたから。かっこいい。わたしの興味なんて、そういう浅いものだ。栞紐《しおりひも》を挟んだページを開いたけど、なかなか集中できなかった。本屋で探してみたけど、「葉隠」本体は旧仮名遣いの読むのが大変そうな本しかなかったので、「入門」にしてみた。でもなんかちょっと違う。「男の生き方」みたいな話だ。ただ、プロローグの最初に書いてあった言葉は、心に残った。

「若い時代の心の伴侶としては、友だちと書物とがある。しかし、友だちは生き身のからだを持っていて、たえず変わっていく。ある一時期の感激も時とともにさめ、また別の友だちと、また別の感激が生まれてくる」

わたしは最初に戻って、またそこを読んでみた。

「えー、そうなのー、知らなかったあー」

聞き覚えのある声が響いてきて、わたしは顔を上げた。立っている人の隙間から、原田麻央の姿が見える。すぐそばに、健太とナガサワの、白いシャツのうしろ姿。原田さんの手が、健太のシャツの腕のところをつかんでいる。

「もう、早く教えてよ、ひどーい」

そのあとは、健太とナガサワが話しているようで、電車の音が邪魔して声は聞こえてこなかった。原田さんは、黙って、健太を見上げていた。見上げる、原田さんの横顔。健太を見る目。

わたしは、それと同じ目を見たことがあった。サナちゃんが、健太を見ていた、あのときと同じ。

原田さんは、健太が好きなんだろう。わたしには、それ以上のことはわからないし、関係もない。

わたしに、ああいう気持ちがわかるときがくるだろうか。誰かを、どうしても、好きだと思うこと。

向かいの窓の外を見た。ようやく雨はやんだみたいだった。空も街も、まだのっぺりと明るく白くて、今が何時なのかわからなくなってしまった。

この夏も終わる

期末テスト一日目

問題用紙を裏返して、なんとなく円を描いているうちに、これは太陽系だと思った。真ん中の円。少し離れたところに小さい点、輪っかのある円、大きい円。わたしはシャープペンシルの芯を押し出し、さらに軌道っぽい楕円も書き加えてみた。昨日テレビで見た探査機はどれくらい遠くまで飛んでいったのか、全然わからない。テレビは見ていたつもりだったけど、頭には入ってなかったということだ。大気圏に突入して燃え尽きていく火花にただ見とれていただけだった。

ことん、と音がしたほうに顔を向けると、斜め前の男子が、落とした消しゴムを拾おうとしていた。手を伸ばし、体を傾けていきながら、ちらっと隣の席に視線をやったのがわかった。

見えねーよ、そんな角度じゃ。と、言ってやりたくなる。男子に幻滅する瞬間は多々あるけど、「せこい」ってその中でもかなり低ランクだよなー、と思いながら、わたしは自分の解答用紙を眺めた。解答欄はもう全部埋まっていた。得意な世界史だし、とにかく数学以外のテストはいつも早々に書き終えてしまう。あきらめるのが早いからかもしれない。わからないところは、放っておく。しかし、こんなに暇そうにしていると、「余裕あるんだね」なんて嫌味を言われることがあるから、考え込んでいるふり、書いているふりをする。わたしは意味なく、自分の名前を消しゴムで消して、また書いた。それから、太陽系の惑星を塗りつぶし始めた。

教室には一応エアコンがあるけれど、温度の設定が高めで、それなのに窓は閉め切られているのでちょっと蒸し暑い。三階の窓の外には、常緑樹が伸びてきていた。名前はわからないけど、暗い緑色の分厚い葉が茂り、なんとなく陰気な影を作っている。以前は確かに見えていた、道路を挟んだ向こうの家の玄関が茂った葉に隠れている。いつの間にこんなに伸びたのか。音も立てずにこっそり生長する植物って、ときどきちょっと怖くなる。外は相変わらず太陽の光がぎらぎらして、見るからに暑そうだった。

気配を感じて窓から視線を戻すと、先生が机と机のあいだを歩いてくるところだった。

試験監督は数学の男の先生で、たぶん四十歳ぐらいなのだが、妙に目がくりっとしていて「ゆるキャラ」的な味わいがある。わたしにはわからない数学の問題をとても楽しそうに、「いいなあ、これ、いい問題だなあ」などと独り言を言いながら解くので、好感を持っている。先生は、落書きに気づいたようで視線を問題用紙に向けてきたから、わたしは手を置いて隠した。先生は、その手をつかんでずらした。意外な動作に、わたしは対応しきれず、ただ周囲の生徒たちの視線を感じながら、動けずにいた。先生は、黒い線で構成されたでたらめな太陽系図と、その周囲に書いた「早く帰りたい」「宇宙旅行は三億円」などという文字をじっと見ると、にやっと笑ってそのままうしろへ歩いて行った。わたしはチャイムが鳴るまでの残り十五分をいたたまれない気分で過ごした。

解答用紙が回収され、生徒たちは大げさに文句を言いながら席を立ち始めた。

「あー、もう全然できなかったぁ、わたし、だめかも、やばいよぅ」

原田麻央の甘ったるい声が響く。

「わたしもー。難し過ぎ」

「全部わかんなかった」

周りの女子も、口々に言う。男子も似たようなものだ。まじやべーよ、さいあくー。こういうとき、できなかったと自慢し合うことになっているのはなぜなのか。やるべきことをやらなかっただけなのに、なんでそんなに誇らしげにしているのか。

わたしにはわからないことばかりだ。

先月の合唱大会の、順位発表の瞬間が頭をよぎった。うちの二年四組は、六クラス×三学年の中で七位という、微妙な位置だった。まあそんなもんだね、と狭い座席で伸びをしていたら、すぐ前の列に並んでいた原田麻央とその仲間たちが抱き合って泣き出したのでびっくりした。

がんばったよね、わたしたち。うん、麻央ちゃん、よくやったよ、すごいよ。でも悔しいね、来年もっとがんばろうね。

思わず周りを見回すと、隣の稲垣さんもわたしを見ていた。三位以内に入ったクラスの大騒ぎがホールに響いて頭が痛くなりそうなくらいうるさい中で、わたしと稲垣さんは「早く帰りたいね」と耳元で言い合った。

みんなのおかげで入賞できました、ありがとう、なんて言う原田麻央に、あんたのためにがんばったわけじゃねーよ、と言いたかったが、わざわざ面倒を増やすことはないので知らん顔をしていた。

ホールから出ると、原田麻央たちとサッカー部の男子たちは、「打ち上げ」と称してこれからどこかへ遊びに行くらしく、浮かれた雰囲気で集まっていた。わたしたちにもまじめに練習に来ていた男子たちにも、一言も誘いの言葉はなかった。

いいじゃない、どうせうっとうしいだけだから。

稲垣さんは笑って、わたしたちはドーナツ屋に行ったのだった。あれから三週間。

帰り支度をして教室を出ようとしたが、ドア近くでいつまでもしゃべっている女子たちが邪魔なので、すぐうしろに立って見つめていると、

「なに？」

と、原田麻央が振り返った。

わたしはテスト好きだけど。クイズのゲームみたいだし、早く帰れるし。終わり次第帰らせてくれたらもっといいけど。

……なんて言ったら、また浮いちゃうんだろうな。

「お疲れさまでした」

わたしが言うと、原田麻央は軽く鼻で笑うようにして、言葉を返した。

「ごんさんは、いつも点数いいもんね」

だって、勉強してるから。そう答える代わりに、

「つけまが取れてるよ」

と、言い捨てて、教室を出た。

一階に降りて、渡り廊下からまっすぐ新館へ向かい、三階の理科室を目指した。生物部の稲垣さんは世界史を選択していなくて、三時間目はテストがなかったはずなので、脱皮しそうな蛇を見に行っていると思ったが、理科室には人の気配はなかった。準備室、理科室と順番に戸のガラス部分から中を覗いてみたが、誰もいない。蛇の水槽がある準備室は鍵がかかっていたが、理科室のうしろの戸が開いていた。

わたしはそっと中に入り、水道の蛇口が並ぶ窓際まで行って外を覗いた。北向きだからか、エアコンもつけずに閉め切られていた部屋は、そんなに暑く感じなかった。窓を開けると、ぬるい風が少しだけ吹いた。ちょうど真下に見える校門から、生徒たちがぞろぞろと、動物の群れみたいに出ていくところだった。その中に、松井健太がいるのが、なぜかぱっと判別できた。いつもいっしょのナガサワも含めて、男五人で歩いていた。原田麻央の姿がなくてほっとする。べつにわたしが健太を好きなわけではないが、原田麻央と仲良くしてほしくないという気持ちは、合唱大会以降ますます強くなっていた。

振り返って、教室よりもだいぶん広い理科室を見渡す。九つ並んだ実験台というか、白い机にはそれぞれ洗い場が備え付けられている。壁には元素記号の一覧表や、鉱物の写真が掲げてあった。

　実験台があまりにも広々として、そしてすべすべ冷たそうに光っていたので、わたしは靴を脱いで上がり、そして仰向けに転がってみた。背中に硬くまっすぐな感触があり、少しだけひんやりとした。天井には、黒い点々とした模様があり、しばらくぼやっとなにも考えないでそれを目で追っていた。こんなところが自分の部屋だったらいいのに。

　科学者になりたかったんだよなあ、と何年も忘れていたことを急に思い出した。小学校に入ったばかりのころ、将来はなにになりたいかという質問に「科学者」と答えた。世界が変わるような大発見をしてノーベル賞というのをもらって、教科書に載りたい、と思っていた。きっとテレビで、ノーベル賞のニュースか偉人のおもしろエピソードを紹介する番組でも見たんだと思う。とにかく、アイドルなんかよりずっとえらくて有名だからすごいんだと、考えていた。数学どころか算数の段階で苦手意識を持ってしまって早々に撤退したのだけど。

　寝転がったまま、天井に向かって、両手を伸ばした。天井の模様にすぐ触れそうに見えるのに、全然遠い。

「あのー」

女子の声がして、わたしは慌てて起き上がった。戸のところに、生物部の一年生が立っていた。

「あ、ごめんね。稲垣さん、いないかなーと思って」

「今日はもう帰りました」

一年生は無表情で言い、戸締まりをしたいのかその場に突っ立ったままなので、わたしは台から下り、ごめんね、ともう一度言った。

期末テスト二日目

英語と古典は簡単。数学Bはちょっとかなしい出来だった。

日差しは昨日より強くて、半袖から出ている腕がじりじりと焼かれるようだった。

駅の階段を上ったら、ホームに稲垣さんが立っていた。ちょうど入ってきた電車に乗り込んだが、空いている座席はなく、ドア付近に立った。出発間際に、同じクラスの小野田さんも駆け込み乗車してきて、とりあえず今日のテストの難問について感想を言い合った。

一つ隣の駅を過ぎてから、稲垣さんが言った。

「昨日、理科室で寝てたんだって？」

「あー、なんか、戸が開いてたから。ちょっと涼しいよね、あの部屋」

「みーちゃん、脱皮不全らしいの」

稲垣さんの言い方は、なんだか子供の病気の心配をする母親みたいだった。小野田さんは、まん丸い目で、稲垣さんとわたしの顔を交互に見た。

「それって蛇？　蛇の話？」

「今日は中川先生が見てくれてるんだけど、お湯につけて、皮を剝がしてあげないといけないんだって。YouTube に実演してる映像があるから昨夜見て研究してたんだ」

「えー、わたしも触りたい。手伝いに行ってもいい？」

「うん。明日、テスト全部終わったら、みんなでやるから」

「蛇って、お金の神様なんでしょ？　手伝ったら金運上がる？」

小野田さんが握りしめている携帯電話にじゃらじゃらぶら下がっているストラップの中には、打ち出の小槌も混じっていた。

「白い蛇だけじゃない？」

わたしが言うと、小野田さんは残念そうだった。さらに次の駅を過ぎたところで、稲垣さんが唐突に言った。

「学校来るのも、あと半分ぐらいなんだね」

「まだまだじゃん！」

小野田さんがすっとんきょうな声を上げ、近くに座っていた大学生らしい派手な女子のグループがいっせいにこっちを見た。

「旅行でも、半分過ぎるといきなり早く感じない？」

「あーっ、わたし夏休みハワイ行けるかも。家族でだけど。まだわかんないけど」

小野田さんの話に脈絡がないことに感心しつつ、わたしは言った。

「いやー、でもまだ五百日とかあるよ、長いよ」

「初めての場所に行くときは遠く感じるけど、帰るときは近く感じるし。人生もそんな感じかなーって」

電車は大きなカーブを曲がり、ドアの窓の外を、斜面にずらっと並んだ建て売り住宅が過ぎていった。稲垣さんの凹凸の少ない横顔を眺めながら、わたしは聞いた。

「ずっと高校生がいい？」

「ううん。やっぱりね、誰かに食べさせてもらってるのは、肩身が狭いっていうか、結局なに言っても説得力ないなって思うのね」

電車は少し揺れ、それから減速した。さっきまでのスピードが、重さになってわたしたちの体に覆い被さってきた。

だいぶん経ってから、わたしは頷いた。

「うん」

小野田さんは、

「バイトかー、やっぱりバイトやらないとだよねー」

となにかを決意したように繰り返した。


自分の家がある駅で降り、改札のすぐ前の横断歩道を渡りきったところで、わたしの体は一瞬宙に浮き、そして顔から地面に倒れた。つまずいた、と、その一瞬の間にわかった。がん、と強い衝撃が上半身と膝にあり、ほとんど同時に、ひりつく痛みを腕と膝に感じた。

周りの人が見てる。最悪だ。と思いながら、わたしは軽くシャツとスカートの前を手で払って、立ち上がった。ずれた眼鏡を直し、あーあ、どうして稲垣さんたちと別れたあとなんだろう。誰かいれば、フォローしてもらえるのに。だいじょうぶ、とか、どうしたの、とか。ばかじゃない？　でもいいから。誰ともなにも言葉を交わせないのが、こういうとき、いちばん厳しい。

足下を見たけど、特に段差もないところで、勝手に転んだようだった。肘と膝はすりむけて、少しだけ血が滲んでいた。とにかく、この場から離れるのが優先事項だ。わたしは早足で歩き出した。打ったのか、体重がかかると足の付け根が少し痛んだ。道は緩い坂道になり、そのずっと先に、自分が住むマンションが見えた。

十三階建ての茶色い建物は、坂の先に見えるはずの青空を遮って、ほんの一ミリも動かないで建っていた。あと七分、あそこまで歩いて、それからエレベーターに乗って、八階まで。

このまま、家に帰っても、聞いてくれる人はいないしな、と思った途端、わたしの足は急速に重くなった。家族はいるけど、話すことはない。

お父さんは女子にすごく人気があってその中でわたしが勝ち抜いたのよ、とわたしが子供のころは散々自慢していた母が、昔の話をまったくしなくなってから、もう二、三年になる。昔の話だけじゃなく、自分が毎日なにをしているかも言わないし、わたしの話も聞かない。わたしの顔が父に似ているのが気に入らないんじゃないかと、ときどき本気で思う。

勝手に誰かを好きになって勝手にその子供を産んで、かわいがったりかわいがらなかったり。わたしは生まれる前から、好きだの嫌いだののいざこざに巻き込まれていたってことだ。まあ、呪いみたいなものだよね、好きな人の子供を産みたい、なんて気持ちは。

このままどこかへ、と電車の中で考えることが、この春から何度もある。だけどわたしには他に寝床はないし、どこかへ行くお金もないし、だいたい「どこか」なんて目的地もないし、明日のテストの勉強もしたいし、とにかく、結局は今の状況に甘えているだけだ。

一度足を止めたら、もう動けなくなるかもしれない。そう自分に言いきかせて、熱気の昇ってくるアスファルトの道を歩き続けた。

期末テスト最終日

現代文は予想九十点、化学はそれなり、数学Aはやっぱりちょっとさびしい結果。

それでも全科目終わって、充実感があった。それに生物部に行って、みーちゃんの縞々の体をぬるま湯につけて、みんなで鱗の皮をはいで、楽しかった。抜け殻はもっと硬いのかと思ったけど、かさかさとして薄く頼りなかった。

乗換駅で降りて、駅ビルの本屋に向かった。駅前再開発で二か月前にオープンしたばかりの駅ビルは、真っ白い壁がまだよそよそしく光っていて、改札口につながる広場の吹き抜けを、どこの駅前でも定番のファストフード店や雑貨店が取り囲んでいた。うちの学校や隣の女子校の生徒もよくうろうろしている。

特に目新しい店もないのだけど、三階の本屋だけはこのあたりにはなかった大型店で、わたしは週に一度は寄っていた。毎回買うわけじゃないけど、背表紙を眺めているだけでも満足感がある。

蛇のことを調べようと思って、生物関係の棚の前に立っていると、

「あれ？　東高の子」

と声を掛けられた。若い男と女が立っていた。男のほうは確かに見覚えがあった。背が高いから余計に貧弱なのが目立つ体形に、ニワトリみたいな顔。そのぎょろっとした目玉をわたしに向けて、男は言った。

「あー、なんだっけ、えーっと、あれだ、蛇好きの」

「あ、ども」

軽く頭を下げつつ、自分の名前は教えなかった。わたしのほうは、この男の人の名前を思い出した。先月、生物部で会った大野って教育実習生。

大野先生は、隣にいる女にわたしのことを説明した。

「教育実習で授業した生徒」

ああ、と女はたいして感動のない声で、わたしを見てほほえんだ。ぽっちゃりした体形で色白の、ある種の男子には好かれそうな彼女を見て、誰なのかすぐにわかった。大野先生が高校時代から片思いをしているという、去年の実習生。

確か、赤坂って名前の。

「こんな人が先生なんて、間違ってるよね」

赤坂さんは、大野先生を指差して笑った。なんとなくむかついたので、

「間違いではないです」

と即答した。

「よかったね、味方がいて」

赤坂さんは、大野先生に向かって笑いかけた。

「味方なんかいなくていいよ。じゃ、おれは研究室戻るんで」

相変わらず愛想も悪くて挙動不審の大野先生は、わたしにはなんの挨拶もなく、さっさと行ってしまった。赤坂さんと取り残されたわたしは、「蛇好き」と言われて蛇図鑑を取るのもばかみたいなので、棚の手近なところにあった進化論に関する新説の本を抜き出した。おもしろそうじゃなかったので、戻した。

「じゃあ、わたしは、これから別の人と待ち合わせだから」

聞いてもいないのに赤坂さんが言う。別の人。それもすぐに見当がついた。赤坂さんの彼氏。大野先生が、事故で死んだと言っていた人。

「死んだって聞きました」

大野先生の話を最初に聞いたときから、その人が死んだなんて信じていなかった。嘘くさい、変な話だと思っていた。というか、恋敵に死んでほしいって思ってるのかなと、感じた。

「えー、とうとう殺しちゃったんだ。ひどいねえ」

赤坂さんはまるっきり人ごとのようにのんきな口調だった。

「好きじゃないんだったら、大野先生に会わなければいいいんじゃないですか？　彼氏さんは知ってるんですか？」

つい言ってしまった自分に驚く。家のことや、原田麻央のことでストレスが溜まっていたのかもしれない。赤坂さんは、目尻のたれた茶色い眼で、わたしをじっと見た。

「なんでそんなこと聞くの？」

「聞いたらだめなんですか？」

反射的に言ってしまい、自分の言葉の子供っぽい響きにうんざりした。これではまるであのニワトリ顔の先生を好きみたいに思われてしまう。ありえない。

赤坂さんは、案の定、余裕のある笑みを浮かべてから、ゆっくりと両側に並ぶ本棚を見回した。

本棚には、当たり前だけど本がびっしり詰まっていた。誰かが考えたこと、発見したことが何百ページも書かれている本。わたしがまだ知らないことが、こんなにもある。

「もし、もう一回高校生になれたら」

赤坂さんは、右側の棚を見上げたまま言った。そこには「生態系」「環境」という文字が愛想なくデザインされた背表紙が並んでいた。

「勉強すると思う。一日じゅう」

それから赤坂さんは、じゃ、という簡潔な挨拶で別の棚へと移動していった。わたしも文庫本のコーナーへ行き、ほしかった本は他にあったはずなのに、なんとなく目についた三島由紀夫の「美しい星」という、全然知らないタイトルのをレジに持っていった。

テストも終わったし、多少無駄遣いしてもいいか、と自分に言い訳をして、二階のドーナツ屋に入った。ベビーカー付きの主婦たちで賑わっている店内で、ドーナツ三個と烏龍茶を注文して、ガラス張りになっている壁際の席に着くと、ガラスの外に駅ビルの吹き抜けスペースがよく見下ろせた。

初めのほうを読んでみた「美しい星」は、変な話だった。お金持ちの一家がある日突然自分たちは宇宙人だと気づき、愚かな地球人たちを救わなければという思いに駆られる。それだけでもじゅうぶん妙な人たちだと思うけど、家族一人一人が別の星の出身だと主張しているのがおかしい。火星人とか金星人とかなんだけど、親子。こういう話を書く人って普段なに考えてるんだろなー、と思いながら、わたしは二つ目のチョコレートがかかったドーナツをかじった。

「ごんさん」

顔を上げると、サナちゃんが立っていた。トレイには、ホットコーヒーとシンプルなドーナツが一つだけ。さすがサナちゃんだ。この姿のまま、雑誌に載せられたってだいじょうぶだ。

サナちゃんはわたしの向かいに座った。このあと隣の駅前にある洋菓子店でバイトらしかった。今度買いに行くと言ったら、高い割にイマイチだよ、とまじめな顔で答えた。

ふと、視界の端に見覚えのある人の形が映って、わたしは一階の広場を見下ろした。螺旋型の銀色のモニュメントの脇に、健太がいた。去年までサナちゃんの彼氏だった健太。仲のいい長澤明人と、それから、原田麻央も。原田麻央はいつもの馴れ馴れしい態度で、健太の腕のあたりを叩いたりシャツの袖口を引っ張ったりしていた。

サナちゃんに見せたくない、と慌てたわたしは、店内を見渡し、レジに並んでいた太った男を指差した。

「あ、あの人、変な服着てるね」

しかし、太った男のTシャツの柄は、「ワンピース」のキャラクターが横に伸びただけで、おもしろくもなんともなかった。

サナちゃんは、笑った。

「気を遣われると余計へこむよ」

ガラス越しに広場を見下ろすサナちゃんの横顔は、やっぱり美人だった。つまらないことを言ってしまった自分を恥じつつ、こんな顔に生まれていたら違う人生だったかなあ、などと思っていた。

「ほんとに好きなんだなあ」

サナちゃんはそうつぶやいて、目は外に向けたまま湯気の立つコーヒーをすすった。

やっぱりそうなのか、とわたしは落胆した。健太も原田麻央みたいな子がいいのか。

わたしたちが見ていることにはまったく気づく様子もなく、健太たちは屈託なく楽しそうだった。

「好きなんだよねえ、ナガサワのことが」

耳に聞こえたサナちゃんの声を、脳が認識するのに三秒はかかった。

「え」

間抜けな声を上げて、わたしはサナちゃんの顔を見、それから、もう一度三人を見下ろした。健太は、やたらと触ろうとする原田麻央のことはまったく見ていなかった。モニュメントにもたれてしゃがんでいるナガサワに向かって、しゃべっていた。原田麻央やサナちゃんが健太を見つめているときと同じ、なにかを祈っているようなあの目で、ナガサワを見ていた。

「わからなかった？」

「うん、あの」

だって、サナちゃんとつき合ってたし、今まで健太が男子とどうこうとか聞いたことないし、確かにナガサワはかっこいいのに彼女はいないけど、最近いつ見ても健太とナガサワはいっしょだけど……えーっと。

「そうだったのか、意外っていうか……」

「本人からはっきり言われたわけじゃないけどね。とにかく、わたしよりはナガサワといっしょにいたいってことは理解した」

サナちゃんは淡々と話し、指だけがコーヒーカップの縁を行ったり来たりしていた。

この世の中にいろんな人がいるっていうのは、わたしも知ってる。男も女も好きになれる人もいるし、途中で同性しか好きになれないと気づく人もいるし、それに、わたしがサナちゃんを美人だと思っていてこうして話すとちょっとどぎまぎしてしまうことも、説明しろって言われたら難しい。

「あの子は気づいてないみたいだけど」

サナちゃんの言葉で、あらためて原田麻央のほうを見る。心から楽しそうな顔でなにか言っていた。声は聞こえないから、ただ口がぱくぱくしているだけだけど。空気が足りない金魚みたいに、ぱくぱく、ぱくぱく。

わたしの中に、原田麻央に対してちょっとした優越感というか、いい気味だ的な気分が湧いたのは否定しない。だけど、先月から何度か、健太を一生懸命見つめる姿を見てしまっていたから、気の毒にも思った。いや、これも優越感の一種か。

「サナちゃんは」

声に出したけど、次になにを言っていいか、自分でもわかっていなかった。烏龍茶のグラスの氷が溶け、からん、と小さくきれいな音が鳴った。

「サナちゃんには、ほかにもっといいのがいると思う。健太なんか、ただの、アホだよ」

だめだ。ほんとに、わたしはくだらないことしか言えない。誰かとつき合ったこともないし、失恋もしたことがない。

サナちゃんは、肘をついて手のひらにあごを載せ、ガラスの向こうにぼんやりと視線を投げたまま、言った。

「なんだろうね。悔しいのかな」

なにが？　どんなふうに？　と、わたしは聞けなかった。

なんでみんな、そんなにややこしい感情を、わざわざ持とうとするんだろう。かっこわるいくらい動揺して、はしゃいで、行き場のない思いを抱えて、羨んだり妬んだりもしないといけなくて、思いが通じたら通じたでいつ失うかとおびえて、周りの人間関係も複雑にして。それでもどうしようもない気持ちなんて、どうして必要なのか、よくわからない。

べつにいいや、とわたしは思った。べつに、なくていいな、そういう気持ち。

とりあえず、今のところは。

健太たちは改札のほうへ消えていき、わたしはサナちゃんとテレビ番組の話をしながら、エアコンが効き過ぎて冷たい空気の中で、最後に残ったカスタードクリーム入りのドーナツを食べた。

店の前でサナちゃんと別れて、もう一度三階に上がって本屋に戻った。学習参考書、という看板が天井からぶら下がっている棚を目指して歩いた。

夏休みは、数学を勉強することに決めた。

雨が止むまで

時間通りに開店したものの、バーに客は誰も入ってこなかった。

十日前から働き始めた。地下の店。オーナーは別にいるがめったに来ることはなく、店にいるのはたいていい、店長のゴトーさんとおれの二人だ。

十五分経った。

沈黙が苦手なので、おれは言ってみた。

「おれ、離婚するんですよ」

「おまえ、結婚してたんや？」

氷を砕いていた手を止めて、ゴトーさんはおれの顔を見た。だけどべつに驚いたふうでもなく、どちらかというと面倒そうな目つきだった。拭いたグラスをまた拭きながら、おれは答えた。

「してました。というか、まだしてます。法律上は」

「いくつやったっけ？」

「二十五です」

「そうやんな。えらい若いときに結婚したんやな」

ゴトーさんは、はっきり年を聞いたことはないが、五十になるかならないか。

「いえ、半年前です」

クーラーボックスの蓋を閉めたゴトーさんは、鳥みたいなぽかんとした目をこっちに向けていた。

「ま、人生いろいろあるわな」

「聞かへんのですか」

「聞いてもしゃあないやろ」

再び、しばらく沈黙。細長い店内には、音量を絞って音楽が流れている。ジャズ、ということはわかるけど、なにジャズかとか誰のなんて曲だとかそういうことは全然知らない。聞こえてくるこの音がなんの楽器なのかさえ、おれには区別がつかない。

「聞いてほしいんか」

グラスを並べ終わったおれの背中に、ゴトーさんの声が届いた。

「聞いてほしいような、聞いてほしくないような」

「お客さんの話やったら聞くけどなあ。お金払《はろ》てくれるから」

「来週、姉が結婚するから実家に帰るんですけどね」

おれは構わず話し続けた。

「はあ。吉凶入り乱れとるな」

「姉ちゃん、なんか変な男と結婚するみたいなんですよ。昔バイト先で知り合ったらしいんですけど、その後は一年に一回酔っ払って電話かけてくるだけやったっていう。しかも、好きですだけ言うて切るって、それ完全にヤバい人やないですか？　止めたほうがええかなー、と思て。経験者としては」

「……おまえ、変な男やったんか」

「違います。そうやなくて、勢いっつーか、一時の気の迷いで結婚したらあかんて」

ゴトーさんは、真顔でおれを見つめた。さらに、顔を近づけてきた。地下の密室。誰も来ない。まさか……、と思ったところで、ゴトーさんは首をかしげて、ふーんと鼻から声をもらした。

おれたちの格好は今、お揃いだ。白いシャツに黒いベストと黒いパンツ。蝶ネクタイとかなくてよかった。

「姉ちゃんて、いくつや？」

「三十四です」

「年、離れてんのやな」

「そうなんです。ウチの母親、二回離婚してて。父親違い」

「離婚家系やな」

「だから、心配なんですよ」

「一生結婚するなっていうことか？」

「……違いますけど」

「ほな、一回離婚して厄落としたらええんとちゃうか。はっはっはっ」

ゴトーさんは、うまいこと言ったと自分に満足しているようだった。おれも年を取ったらこんなふうにおもしろくないことを自信を持って言うようになるのだろうか。

「ゴトーさんは、結婚してはるんですか」

「してるような、してないような」

そこで一呼吸置き、ゴトーさんはわざとらしくグラスを磨き始めた。

「してるかしてないかで分けたら、よりいっそうしてるっていうか」

「簡潔にお願いします」

「奥さん、三人おるんや」

「……どういうことですか？」

「どういうことやろなあ。なんでやろなあ」

ドアが開いた。やっと一人目の客が入って来た。

「いらっさいませ」

前歯に隙間があるせいか、ゴトーさんの「いらっしゃいませ」は毎回「いらっさいませ」に聞こえる。もしかしたらわざと、「さ」を強調して言っているのかもしれない。一度真似したら怒られた。

この店は、開店時間が早くて五時からだ。三十年前からそう決まってる、とオーナーは言った。客は、週に三度、六時までには来るじいさんだった。冷たいおしぼりを持っていくと、じいさんはそれで顔を拭きながら、

「いつもの、ね」

と言った。いつもの、と本当に注文する人がいる、というのはこの仕事を始めて知ったことの一つだ。なぜ「いつもの」と言うんだろう。

おれが初めて接客した日も、このじいさんは「いつもの」と言った。目でゴトーさんに助けを求めると、ゴトーさんはカウンターの中で黙ってうなずいた。

ちなみに、このじいさんの「いつもの」はギネスビール。「いつもの」より「ギネス」のほうが文字数は少ない。じいさんはこの近くにビルを三棟持っているそうだ。昔ながらのおっとりした大阪弁で、洋服や持ち物も高そう。

「えらい雨やわ」

じいさんは、大げさな抑揚をつけて言った。確かに、じいさんの水色のシャツの肩から腕にかけて水滴のあとがついている。

「まじですか」

ゴトーさんの顔を見ると、視線で「様子を見てこい」と言っていた。

ドアを開けると、階段の先に見える外の世界は、たたきつけるような雨が降っていた。地上まで上がった。突然の雨に、リヤカーみたいなのを押す宅配便業者やスーツ姿の人たちが慌てて走っていた。道の両側に並ぶ雑居ビルに入る店はどこもまだ開店前で、雨の音だけが響いている。

少し先にある角の花屋には、今日も白い胡蝶蘭《こちょうらん》がびっしりと並んでいる。このあたりは、高級なクラブがビルの中にぎっしり詰まっている。だからあの小さい花屋は、かなり稼いでいるらしい。商店街の花屋なんかと違って、胡蝶蘭やカトレアの鉢、開店祝いの派手なアレンジメントで店はいっぱいだ。「○○ママ、お誕生日おめでとうございます」という札のついた豪勢な花が、ビルの入口にずらっと並んでいるのを何度か見た。そんな世界もあるんやなーと、おれは妙に感心した。

二週間前、友だちと飲んだ帰りにこのあたりを通り、「アルバイト募集　バーテンダー　未経験者可」の張り紙を見て、電話をかけた。あの銀色の容器をシャカシャカ振るのってかっこいいっていうかネタにはなるかも、と思っただけだったのだが、意外にあっさりと、面接したその場で採用が決まった。無職だったおれにはありがたかったが、今でも、自分がバーで働いているのは不思議な気分だった。飲みに行くのはいつも安いチェーンの居酒屋で、バーになんて入ったことがなかったから。

風に煽られた店の看板の位置を直した。狭い階段を降り、店に戻ると、じいさんはギネスをもう半分飲み干していた。

「今年はこんな天気、多いねえ」

「そうですね」

「異常気象やね」

「ですよね」

「ぼくねえ、昨日、お墓買《こ》うたのよ」

「お墓ですか」

「いいところがあって、狙《ねろ》うてたの。抽選で五十倍」

「へえーっ。すごいですねえ」

具体的にどうすごいのか聞かれたら困るが、とりあえずあなたの話は聞いていますよという姿勢を示す。もっと積極的に会話の相手をしろ、とオーナーにもゴトーさんにも注意されている。

「この年になったら、それぐらいしか楽しみないんよ。きみなんか、毎日楽しいことばっかりやろね。女の子や車やいうて」

「いやー、大変ですよ、いろいろ」

「それが楽しいんやないの。若いうちの苦労は買ってでもせえ、言うからね」

買わなくてもいくらでも転がり込んでくる。そんなことに金を使う余裕は、おれにはない。

「そうですねー」

背中にゴトーさんの視線を感じる。

じいさんはギネスを一杯飲んだだけで帰り、店はまた静かになった。

「さっきの続き、教えたろか」

ゴトーさんが、水の入ったグラスをおれの前に置いた。

「いや、別に……」

「最近の若いやつは何事にも無関心やから、いかんわ」

ゴトーさんは、基本、話し好きだ。開店閉店作業中もお客さんがいないときも、教えたろか、と都市伝説みたいなネタが始まる。同時多発テロ事件の真相を知ってるとか、三億円事件の金がどこにあるか知ってるとか、警察とやくざの癒着とか、ファストフードの食べ物にこっそり混ぜられている薬品とか、どこかで聞いたような話。おれには関係ないし、ゴトーさんにしても知ってたってなんの役にも立っていない。

それに比べたらこの話は自分の経験であるだけ、おもしろいかもしれないけど。

「東京とカナダとタイに、奥さんがおるんや」

「へえー」

ざっくりまとめると、ゴトーさんは若い時分はあちこちを放浪していて、最初は東京で結婚したが旅先のカナダで出会った日本人と一緒に暮らし、その五年後に訪れたタイでドイツ人と結婚したのだそうだ。正式に届け出たのは最初の一人だけだが、二番目、三番目とも教会で式は挙げた。神に愛を誓った。それぞれの相手にゴトーさんが会いに行ったり、タイに一番目や二番目が来たりしてうまくごまかしているつもりだったが、三年前にほかに結婚相手がいることがそれぞれにバレ、しかし全員が自分と暮らしてほしいと言うので、誰も選べずに大阪に戻ってきたのだと、要するにモテ自慢だったかもしれない。

「だってなあ、誰のことも嫌いとちゃうからなあ。悲しませたくないやろ」

「そうですね」

「聞いたってもええぞ、おまえの話」

ようやく、おれの番が回ってきた。

「小学校のとき、三年から五年までかな、九州の田舎にいてたんですよ。母親のほうの実家なんですけど。そのときもうちのかーちゃん離婚がどうとかで揉めてて、ねーちゃんはもうバイトもしてるからええけどおれの面倒見られへんって、ばーちゃんに預けられて」

二年半だけ通った小学校の同窓会が今年の正月にあって、参加した。去年、facebookをやり始めて(でもすぐ飽きて放置してた)、そこに当時仲のよかったカズキから連絡が来たのだった。適当に連絡を取り合っていたら、毎年正月に同窓会をやっているから来てみないか、と誘われた。一学年二十人くらいの小さな学校だったたし、結束が固いらしかった。おれは二年ほどつき合っていた女と別れたばかりで、年末年始も暇だったし、カズキが泊めてくれるというので、ばーちゃんが十年前に死んでからは一度も行ったことがなかったその海辺の小さな町に、夜行バスとローカル線を乗り継いで行ってみた。

同窓会は、まあ、それなりに楽しかった。同級生たちは半分は町に残り、半分は東京や大阪に出ていた。その町でのことなんてほとんど思い出しもしなかったおれのことを歓待してくれて、いいやつらやな、って思った。

会場は、同級生の一人の実家の居酒屋っていうかスナックみたいな店だった。カラオケが始まったが、おれは苦手なのでドアの近くのテーブルで刺身をつついていると、隣に座ったのが万里子だった。万里子は、小学校でいちばん美人だとおれが思っていた子で、大人になってもやっぱり美人だったので、おれは単純に浮かれた。

「ハルトくんて、大阪にいるの？」

万里子は、話しかけてきた。白いシャツにグレーのカーディガン、ふんわりしたスカート。その場にいる他の女子たちの世慣れした感じとはまったく異質の、はかないかわいさだった。賑やかな女子たちと離れているのは、きっとおとなしくて、他の子たちからは敬遠されたり妬まれたりしてるのかもと思ったし、万里子がやたらとおれに話しかけてくるのは、都会に住む転校していった元同級生に興味があるからだろうと、深く考えもしなかったというか、都合よく解釈していた。

宴会は深夜まで続き、一時を過ぎたころ、万里子が送っていってほしい、と言いだした。送ってと言われても、おれは随分酒も飲んでいたしそもそも車があるはずもなく、だいぶんふやけた頭で店を出る万里子についていったら、万里子が運転する車で海辺に着き、星空の下でキスされた。

メールや電話で連絡を取り合い、ひと月後に再びその田舎町を訪ねたときには、結婚してほしい、と万里子に言われた。しかも、万里子の家で、万里子の父親と母親もいる前で。

万里子の家は、町でいちばんといっていいくらい大きかった。田舎だからどこの家も広いが、万里子の家は特別だった。瓦のついた塀にぐるりとかこまれた敷地は五百坪、母屋のほかに蔵と親戚が住んでいる別棟もあった。万里子の逆プロポーズを受けたのは、お寺の本堂みたいに広い和室。その部屋だけで、昔母親と姉と暮らしていたアパートよりもだいぶん広かった。

万里子の両親は、困っているような愛想笑いしているような、なんとも言えない顔でおれを見ていたが、とにかく、その日のうちに、結婚して、その家で同居することが決まってしまった。

万里子が美人だったという以外にも、突然の結婚話に乗っかってしまった理由はある。三年勤めていた会社を辞めたかったからだ。健康食品を売る会社だった。適当なグラフと体験談を並べたチラシを作って、仕入値の何倍もの値段なのに、今だけまとめ買いならお安くします、と宣伝文句をつけて。製造元が言ってることをそのまま伝えてるだけだからウチは違法じゃない、と社長や先輩社員たちは言ったが、胸を張れるような商売でもなかった。従業員の待遇もちろんひどく、残業手当はないし、休日出勤も当たり前。休んでもミスがあっても減給。

人のよさそうなじーちゃんやおばちゃんに、商店街の週貸しのスペースで大げさな宣伝をしたり、電話で心にもないことを答えたりしていると、自分の身になにか悪いことが起こりそうで、不安だった。騙していることを悪いと思ってたんじゃなくて、そのことで自分になんらかの罰みたいなものがあることを恐れていた。心配していたのは、自分のことだけ。

一旦大阪に戻ってからカズキに電話で結婚を報告すると、しばらく返事がなかった。おまえがいいんならいいと思う、と、抑揚のない声が、やっと電話の向こうから聞こえた。

結婚式は落ち着いてからあらためて、ということだった。言われた通りに書類を揃えて入籍を済ませ、いちおう、ウチの母親と姉とを呼んで食事会のようなものがあり、その場には万里子の親戚たちが三十人もいた。おれは和やかな宴会だと思っていたが、姉は、なんでみんな万里子ちゃんに気ぃつこてんの？　顔色うかがってるっていうか、なんとなく変じゃない？　と帰る前に言った。しかし、元はその町の出身だった母が、あの家は昔からこのあたりでいちばんのお金持ちだけどなにか事情があるとか噂話も聞いたことはべつにない、と笑い、万里子からも自分は病弱で両親は心配しすぎなんだ、と聞いていたからそのせいじゃないかと思った。

ただ、昔は万里子の両親は分家で本家じゃなかったはずだ、と母は言っていた。分家とか本家とか、それまでのおれには縁のない言葉だったので、ぴんとこなかった。今でもその意味はよくわかっていない。だけど、あの家に住んでいたたった四か月ほどのあいだに、その言葉は飽きるほど聞いた。

婿養子みたいな扱いではあったが、結婚自体はごく普通の形で、万里子もおれの名字になった。同居も、敷地内の別棟の一つを与えられた。一階にはオープンキッチンの広々としたリビング。二階には洋室が三つ。

ただし、万里子はほとんど母屋で暮らしていて、おれたちの家に通ってきていた。おれたちの家に〝泊まる〟のは週末。結婚したので、当然、関係はあった。思ったより胸が大きかったという以外は、全体に普通というか平均というか。ただ、終わったあとで万里子がおれの首にほとんどしがみつくように腕を回して寝るのは、かわいかった。骨ばった腕で首は痛かったけど、それでも〝しあわせ〟というのはこんな気持ちじゃないかと思ったこともあった。

おれは車で三十分ほどの、隣の市にある不動産屋で働いた。万里子の母親のいとこが経営していて、管理している物件の掃除なんかもやったが、主に事務仕事で、前の職場に比べれば天国のようだった。社長も人あたりがよかったし、近所の人もおれがあの家の一員だと知ると親切にしてくれた。

三か月ほどたって、おれは思い切って万里子に言ってみた。もう少しこっちにいてほしいんだけど、母屋でなにしてるのかな。もちろん、最大限気を遣って、やさしい言い方で。万里子はうつむいて、ごめんなさい、と小さな声で返しただけだった。

カズキのところを訪ねて、事情を話してみると、万里子は再婚だと聞かされた。しかも三度目。二度目の男は失踪し、最初の男は結婚して半年後に交通事故で死んだのだと言う。

ほら、あの桟橋の手前のカーブで、雨でもないのに単独でスリップして電柱に突っ込んでな、と声をひそめて話すカズキの顔は、作り話を語っているようには見えなかった。それでもおれは、なんでそんな怪談に巻き込まれてんねん、と冗談ぽく笑って言ってみたが、カズキは、言えなくてごめん。でも、まさかこうなるとは思ってなくて、とおれに頭を下げるだけだった。

万里子の両親にも、なにか困ったこととかおれに悪いところがあるんだったら言ってください、と聞いてみたが、とにかくあの子の言う通りにしてやってほしい、と繰り返すだけだった。

万里子がおれたちの家に泊まるのは、土日から日曜の一日だけになった。おれ、どうしたらいいのかな、と聞くと、万里子は、ごめんね、と言って母屋に戻っていった。

翌日、万里子の両親がやってきて、とにかく一旦大阪に戻ってくれないか、と頼まれた。引っ越し代は持つし、落ち着いたら連絡するから、と。両親はひたすら低姿勢で、土下座までしそうだったし、おれは言う通りにするしかなかった。万里子とは話もできないまま、万里子の親戚が運転するトラックに乗せられた。大阪で姉の家に置いてもらっていると、離婚届が送られてきた。判を押して返送したが、どうもまだ役所には提出されていないらしい。

「ていうのが、ここ二週間ぐらいのことなんですけどね」

「横溝正史みたいな話やな」

ゴトーさんは、棚に並ぶ覚えきれない酒の瓶を、飲みたそうな目で眺めながら言った。

「ヨコミゾセ……？　なんすか、それ？」

「金田一探偵やんけ。なんや、まさか知らんのか？」

「知らないっす」

「ほんまに今の若いやつらは無知やのお。ここではいろんなお客さんと話せなあかんのやから、教養として身につけとかなあかんで。おすすめを教えたろか、まず『犬神家の一族』やろ、『悪魔の手毬唄』やろ……」

「いえ、いいです。今、そんなに余裕ないですから」

「なんや、愛想ないのう。金がなくても暇があって、無為なことしたり好きなだけ本読んだり映画見たりできるんは、二十代までやで」

景気がよくて全体が明るくて金が回ってて希望があるってことになってる時代に貧乏だけど充実した青春を送ることと、下り坂&縮小しかないぎすぎすした世の中で金がない生活をするのとは、全然違うと思う。だけどきっと、ゴトーさんにはそれがわからない。言葉では理解してくれるかもしれないけど、おれの中のこの冷たくて重くてだけど虚ろな感じは、わからない。

「まあ、ええけど。考えてたんやけど、おれの推理ではな……」

ゴトーさんは、万里子が実はほんとうの娘ではなくその家を乗っ取ったとか、集落に代々伝わる呪いとか、借金逃れのために名字を変えたかったんじゃないかとか、裏で操っている男がいるとか、オカルトから比較的現実的なのまでいろんな説をあげた。が、どれも思い当たることはなかったし、はっきり言えばありきたりで特におもしろくはなかった。ゴトーさんは若いころ、脚本家を目指していたことがあったと聞いたが、これじゃ無理やな、と思った。

「とりあえず、生きて帰れてよかったんちゃうか？」

「そうっすね。金取られたワケでもないですし」

「写真ないんか？」

おれは、携帯電話を出してきて、万里子の写メールを見せた。いまだに折りたたむやつかと馬鹿にするおれの携帯電話を取り上げたゴトーさんは、小さな画像をまじまじと見つめた。

「ほんまに美人やないか」

「でしょ」

「おまえなあ、こんな美人が狭い田舎町で誰も寄りついてなくておまえにいきなり惚れるやなんて、おかしいと思えよ。絶対、ウラがあるに決まってるやないか」

「ああ、まあ」

「なんていうか、今のコは妙なとこで素直やからなあ。なんだかんだ言うて、ぬくぬくと恵まれた環境で育ってきてるんやで。世間の荒波にもっと揉まれな」

「はあ、そうっすね」

「甘いな、まだまだ甘い」

ゴトーさんは自分の言葉に自分で納得して満足げに頷いた。

二組目の客は、どう見ても同伴出勤の、背が低くて胸がでかい女と気の弱そうなおっさんで、彼らが十五分くらいで出て行ってから、ゴトーさんにお使いを頼まれた。オーナーが同じ別の店に、オリーブとチーズを届けに行くように言われた。

紙袋を下げて外に出ると、雨はようやく止んだらしかった。濡れた道路を、これから出勤の髪の毛が異様に盛り上がった女たちが歩いていた。湿った空気が、体にまとわりついてきた。

携帯電話を開くと、姉からメールが来ていた。

「ノブナガくんも、ハルちんに会えるの楽しみにしてるって」

スクロールすると、長方形の画像が現れた。姉と、結婚予定の〝変な男〟が頬を寄せ合っていた。初めて見るその男は、予想していたより顔がよくて、おれはやっぱり、先行きはよくないやろな、と思った。くっきりとした目で、半分戸惑って半分照れたような、笑みを作り損ねた顔でこっちを見ていた。

姉は、幸福そうだった。穏やかで、安心しているように見えた。こんな姉の顔を、おれは初めて見た。

その画像を、メール着信の知らせが邪魔した。

万里子、と表示されている。反射的にメールを開く。一言だけ書いてある。

「会いたいの」

うわ、とおれは声に出して言ってしまう。

やばいな。

ホラーやな、この展開。

おれは携帯電話を握ったまま、胡蝶蘭の白で埋め尽くされた花屋の角を、通り過ぎた。

Too Late, Baby

朝の新しい空気は好きだ。

起き出した人たちが早々と疲れてしまうまでの、僅かな時間。夏の終わり、水分を多く含んだ空気に、青い光が溶けている。東と西が違うだけで角度は同じなのに、朝の光と夕方の光の色が違う理由を、いろんな人に聞いてみたけど、正確に答えてくれた人はまだいない。

ハンドルを強く握り、原付のスピードを上げると、襟元が大きく開いたTシャツが風で膨らんで、これも朝だからいいと思える。道路も空いてるし、実際は昨日から別に何ひとつ変わっていなかったとしても、ここにあるものがなんでも新しくなったみたいに勘違いしてしまえるのも、好きだ。

早朝の撮影に向かうひとときは、モデルという仕事をしててラッキーだった、と思う、数少ない時間だ。仕事が、嫌いなわけじゃないけど。うん、たぶん、働くのは好きだけど。

上り坂を一気に走り、高級マンションの先にある公園にやっと到着した。丸太と黄色いプラスチックが組み合わされた滑り台のあたりに、すでに十人分の頭が見える。

ケヤキが茂る公園の入口に原付を停め、今度は自分の足で走る。

「おはようございます！　遅れてほんとうにすみません！　今日もよろしくお願いしまっす！」

大げさに頭を下げると、浅く被ったままのヘルメットがずれた。

雑誌の人たち、カメラの人、今日のメインの若手イケメン俳優の芸能事務所の人たちが、一瞬ぽかんとしてわたしを見た。ヘルメットを取ると、もう何度も仕事をしている編集の女の人が、呆れたように笑った。

「えー、乃夏《ノカ》ちゃんまた原付で来たんだ？」

「近所なんで」

普段仕事でいっしょになる人たちとはまた違ったタイプの芸能事務所の人たちが、顔を見合わせてくすくす笑っている。

「原付乗ってる女子って、最近見ないよねー。自転車ならかわいいけど」

「汗かくと、よくないじゃないですか」

まじめに答えたのに、あはは、と雑誌の編集さんが笑った。誰に向かって、どういう意味での笑いなのか、わからない。

わたしは、三十分前にマネージャーの新井さんが当て逃げされた経緯を、あらためて説明した。

「新井さんは、警察からまだ出られないみたいなんで。重ねてお詫びします!……準備、どこでしたらいいですか?」

編集の人のあとについて、公園を出る。

「……元ヤン……わがまま……」

「……性格きついんだって……」

ささやき声が、さわやかな朝の風に乗って聞こえてきた。下町育ちを全員元ヤン扱いするのはやめてほしい。わたしはずっと働いてて、夜遊びする暇なんてなかったのだ。

原付を押していき、マンション裏のコインパーキングの隅に停めた。いちばん奥に駐車中の大型ワンボックスカーのスライドドアを開けた途端、ヘアメイクの宮本さんの甲高い声が降ってきた。

「わー、今日、乃夏ちゃんでうーれしぃー。しかも原付」

ネットの書き込みで「www」というのがあるけど、ちょうどそんな雰囲気で宮本さんは声を出さずに笑い、わたしもつられて笑った。

「新井さん、当て逃げされて。新車だったのに」

車の後部では、ときどき仕事がいっしょになるえれんちゃんが、メイクの仕上げ中だった。

「おはよー。今日は乃夏ちゃんといっしょだって聞いてね、えれん、マフィン焼いてきたのね。終わったらいっしょに食べない？　乃夏ちゃん、くるみ好きって言ってたからくるみ大量入り」

えれんちゃんのアニメキャラみたいな声を聞くと、くるみ大量の「大量」がどれだけなんだろうかと不安になった。

「ありがと」

「今日は、アクシデントが起こりやすい日だからね。まだ気をつけたほうがいいよ」

「星？」

えれんちゃんは、占星術にはまっている。

「ううん、世界の、気って言うか、魂って言うか」

星以外にも、マヤの暦とかハワイの精霊とか、いろんな奇跡を信じている。願う気持ちが夢を叶えるんだよ、と黒目が大きくなるコンタクトレンズを入れた目をきらきらさせて、いつも言う。

「わからないけど、気をつけるよ」

わたしが答えると、えれんちゃんは大きく頷いて、元気よく車から飛び出していった。

宮本さんの持つフェイスブラシが頬を撫でて、わたしはくしゃみが出そうになる。

ワンボックスカーの、外から見るよりは妙に広くも感じる密閉された空間には、FMラジオが流れていた。朝からテンションの高い男の人が、今日のイベントの情報を伝えている。五分に一回やたらとリズミカルで明るい曲がかかり、それから交通情報が伝えられる。そろそろ始まりだした首都高速の渋滞が、鼻が詰まったみたいな女の声で知らされたあと、テンションの高い男が、

「CMのあとは、本日のスペシャルゲストの登場です。いやあ、ぼく大ファンなんで、緊張しちゃうなあ」

と女優の名前を告げた。放送局のジングルが流れ、CMに切り替わる。

「わたし、本田流斗《りゅうと》って、けっこう好きなんだよねえ」

宮本さんが急にそう言ったのは、もちろん、今日の撮影のメインが本田流斗で、そろそろ準備を終えて目と鼻の先の公園にいるからだ。そして、数十秒後、ラジオに登

場するという「女優」が、本田流斗の恋人だからだった。

元恋人、と言ったほうがいいのかもしれない。先週、女性週刊誌に「破局」の記事が載っていた。そもそもつき合っていること自体、本人たちは一度も認めなかったし、週刊誌の記事も関係者の証言程度の曖昧なものだったが、一昨年の映画の共演をきっかけにつき合い始め、数か月前にはもう関係は終わっていた、というのが、仕事で接する人たちから自然に耳に入ってくる、だいたいの事実ということらしい。

本田流斗より十五歳も年上、今年三十八歳のその女優のことを、わたしは子供のころから好きだった。テレビドラマより映画や舞台に出ることが多いのだけど、わたしは特に、十年後の世界にタイムスリップして自分の未来を知ってしまう映画がとても好きで、何度も繰り返し見た。

同年代の女の子たちが、流斗くんがなんであんなおばさんなんかと、と嫉妬を剝き出しにするのとは逆に、正直なところわたしは、彼女があんなアイドル系とつき合うなんて意外に俗っぽい人だったんだなとちょっとがっかりしていた。

宮本さんが、わたしのまぶたに赤いラインを引き始めた。ＣＭが終わり、またハイテンションな声で紹介が繰り返されて、「女優」が登場した。

〈おはようございます〉

落ち着いた、少しだけハスキーな声。今でも、この人が本田流斗とつき合っていたなんて、現実味もないし、映画の宣伝のための噂だったんじゃないかとさえ思う。実際、そういう作り話はいくらでも流布される。

わたしにも降りかかる。

宮本さんの生温かい指にまぶたを引っぱられて意地悪な顔になったわたしは、聞く、「宮本さん、ああいうの趣味なんだっけ」

「かわいいじゃない。テレビで見るより実物のほうが男っぽさもあって」

「そうかなあ」

「乃夏ちゃんは人生経験積んでるから、もっと大人の男がいいんでしょ」

「人をおじさん好きみたいに言わないで」

「いやあ、ほんとにえらいと思うんだよね。いくつになったの？　まだ十九歳かあ。わたしなんてそのぐらいの年のころはみんなが行くからって別にやりたいこともないのに大学行って、なーんも考えてなかったもん。乃夏ちゃんなんて、十二歳からこの仕事してるわけでしょ」

「稼がないと大変だったから」

茶化して言っていると思われるけど、これはほんとうのこと。五歳からわたしの保護者は祖母一人になり、遠くにいる母からの仕送りが多少あったものの家計は厳しかったので、小学六年の夏休みに自分でもお金を稼げるのではないかと思って雑誌のモデルコンテストに応募した。高校の学費も、全部自分のギャラで払った。母は、半年前にわたしが出演した映画を見たと突然電話してきて以来、音信不通。こっちからも連絡しないから、「不通」ってわけでもないのかもしれないけど。「父」という人には会ったことがない。「母の恋人」なら何人も知ってるけど。

ラジオでは、女優が、お気に入りの曲を穏やかな声で紹介する。

〈この曲、十代のころからずっと好きなんです。若いころは、歌手になりたかったなあ。ふふ〉

聞こえてきたのは、キャロル・キングの「It's Too Late」だった。

「あ、これ、わたしも好き」

「えー。乃夏ちゃんの年ぐらいでもたまにこういう渋い趣味の子いるよね。あ、お母さんの影響とか？」

「ううん、おばあちゃんが、キャロル・キングと同い年で大ファンなんだ。この曲が、いちばん好きだって」

「おばあちゃん……。わたしも年取るはずだよ」

「宮本さん、女は年齢じゃない、っていつも言ってるじゃん」

「気合いはあるんだけどねー」

宮本さんの手によって、鏡の中のわたしの顔は、漫画の登場人物みたいにきらきらと派手になった。

本田流斗は、元恋人が今、ラジオでしゃべってるって知ってるのかな。確かこのラジオ局のスタジオはここから歩いて十分もかからない。

ちなみに、わたしの恋人も、ここからそう遠くないテレビ局のスタジオにいるはず。

去年の終わりに、わたしが初めて出演した映画の主演が彼だった。人気がある人だから何年も前から彼のことは知っていて、つき合うようなことを言われたときは予想外すぎて、信じなかった。彼は今、次の主演映画の中国ロケから三日間だけ帰国中で、連続ドラマの特別出演の場面を撮影中。

たぶん、だけど。

電話もメールも、昨日もなかったから、正確なところはわからない。


メイクを終えて、すでに秋冬物のファーのついたロングカーディガンにニットのショートパンツという、少々もっさりした格好で、わたしは公園に戻った。えれんちゃんは、もうテスト撮影をしていた。

ブランコの脇で待機している本田流斗に、挨拶した。

「よろしくお願いします」

スタッフに髪を直してもらっていたせいもあって、本田流斗は会釈すらもせず、

「どうも、よろしくお願いします」

と、抑揚のない声で言った。

テスト撮影を終えて、えれんちゃんが走ってきた。

「わあー、流斗さんて、髪が、輝いて、ものすごくきれい」

「あ、ども」

「映画の撮影ってー、もう始まってるんですか？」

「来週から、ロケで中国に行きます。なんか、砂漠」

本田流斗は、わたしの恋人が主演の映画に出演する。わたしでなくこいつが外国のロケで彼と長時間いっしょなんて、悔しい。

「流斗さんは、思う力が強いんですね！　きっと中国でも出会いがありますよ」

「はあ」

本田流斗は、えれんちゃんの謎なポジティブスマイルに調子を狂わされた感じで、

それ以上しゃべらなかった。

「目線こっちで、そうそう、えれんちゃん一歩前に、乃夏ちゃんはもうちょっと寄ってくれるかな」

ジャングルジムの前で、男一人にタイプの違う女二人の設定で撮影は続く。ダークグレーのジャケットの本田流斗はちょっと暑そうだった。

「あー、かわいいねえー」

「うんうん、かわいい。今のかわいい」

「流斗くん、今の顔、最高」

カメラの人や雑誌の人の声が飛び交う。

わたしはポーズをとりながら、恋人のことを考えていた。彼は、中国に戻る前に一度ごはんを食べようと言ったのに、約束を果たさないまま明日飛行機に乗ってしまいそうだ。帰ったらすぐに会いに行く、と三日前には、パソコンの画面の向こうで言っていた。それなのに。

たとえ会えても、きっと何時間かで、次の場所に移動する。そのときにわたしに言う言葉はわかっている。いつも同じだから。

仕事がんばって。乃夏はほんとに才能があって、おれは羨ましいくらいだよ。

うん、まあね。

と、わたしは答える。

前に会ってから、もう三週間経った。

ぴぴっ、ぴぴっ、とデジタルカメラがわたしにピントを合わせる音が、公園に響く。

「あー、乃夏ちゃん、いいよ、その感じ」

お金のために始めた仕事だけど、嫌いじゃないし、向いているような気もする。その場だけ、ほんの何分、何秒か、望まれた姿になればいい。

えれんちゃん一人のカットを撮影しているとき、すぐ隣で本田流斗が言った。

「高原さんとつき合ってるんだよね。おれ、高原さんのファンなんだ」

突然、恋人の名前を出されてひるんだ。彼と同じくらいの身長の本田流斗を見上げた。

「来週から、撮影いっしょだから」

わたしは肯定も否定もできないので、

「想像つかないくらい乾燥してるから、対策が大変らしいですよ」

と言った。本田流斗は、へえー、と返したあと、わたしの顔をじろじろ見た。

「なんか、意外だな」

わたしは何も言わず、本田流斗が言葉を発するのを待った。

「写真で見てたら、あんたって、もっと天使系かと思った」

「はあ？」

天使？　ばかじゃないの、と言いそうになったけど、その部分は飲み込むことができた。本田流斗はまじめな顔をしていて、カメラの人の求めに応じて滑り台のほうへ歩いていった。


撮影終了間際に、警察から解放された新井さんがやっと駆け込んできた。車は動かないし、タクシーに乗ったら道を間違われた、と謝りまくっていた。

連続ドラマの撮影が控えている本田流斗ご一行は、さっさと車に乗り込んで去っていった。

新井さんがお茶を買ってきてくれた。わたしとえれんちゃんは、ジャングルジムのてっぺんに上って、えれんちゃん特製くるみ大量マフィンを食べた。

「さわやかだねー」

えれんちゃんは、いつも楽しそうでいいな。

「うん」

「えれんの新作マフィンおいしい？」

「まあまあ」

「えー、乃夏ちゃん、正直すぎるぅ」

そしてえれんちゃんは、今度会うときにはハワイのお守りブレスレットをあげる、と言った。


マンション七階の自宅に戻り、ドアを開けると目の前に人が立っていて、びっくりした。

「なにやってんの？」

わたしを待ち構えていたらしい母は、妙に上機嫌だった。

「ひさしぶりね。どこ行ってたの？　こんな朝早くから」

「わたしの仕事、朝早いんだ」

「働き者ね、乃夏は。えらーい」

部屋を見回したが、祖母がいる気配はなかった。

「ミホコさんは？」

「いないみたい。どこ行ったのかしら」

この人にうちの鍵を持たせているのは間違いじゃないのかな。祖母に相談してみよう、と思った。

母は、ばかでかいスーツケースを開け、取り出した紙袋をわたしに押しつけた。

「これ、お土産。絶対、乃夏に似合うと思って、柄違いの三種類全部買っちゃった」

「どこで?」

「神戸よ。そこのお店のオリジナルなんだって」

開けると、リバティプリントのシャツワンピースが柄違いで三着入っていた。これはどうしようもなくわたしを苛つかせることなのだけど、ほとんどいっしょに過ごしたことのない母が選ぶものは、みんなわたしの趣味に合うのだった。親子で、遺伝で、しかたのないことなのだろうか。

居間に戻り、飲みかけていたコーヒーを一口すすってから、母は言った。

「わたし、今いっしょに暮らしてる人と遠いところに引っ越すから、当分会えないかもと思って。それで二週間ぐらいはいようかなって」

「遠いところ?」

「ハワイ」

前に一度、ブラジルと言われたこともあるので、それよりはマシかと思った。母のブラジル行きは、飛行機に乗り込む直前に相手の男と別れてしまい、実現しなかった。その相手は日系ブラジル人だったが、ハワイの人は何人かな。

「これ、乃夏にって。その人が」

母は、ターコイズにシルバーの飾りがついたブレスレットをテーブルに置いた。わたしは触らなかった。えれんちゃんがくれるって言ってたのってこれじゃないかという気がしてきて、笑えた。

「ねえ、これから買い物でも行かない？　青山でも伊勢丹でもいいわ。洋服買ってもいいいし、なんでも好きなものごちそうしてあげる」

母と家でいっしょに食事をした記憶は、ほとんどない。五歳になる前も、覚えているのは一人で食べている場面ばかりだ。

「わたし、夕方から仕事だから。これから寝る」

「そうなの。じゃあ、明日は？　あさっては？　それとも、ハワイに行く？　乃夏の部屋もある、大きなお家よ」

母は歌うように言いながら、コーヒーをもう一杯入れ始めた。焦げたようなにおいが、部屋中に漂った。

「おかあさん。わたしに謝ったりしないの？」

自分でも、なぜ急にそんなことを言ったのか、わからなかった。

振り向いた母は、しばらく無言でわたしを見ていたけど、落ち着いた声で、言った。

「なぜ？　悪いことをしたって、間違っていたって、思われたいの？」

母はゆっくりした動作で椅子に座り、コーヒーの香りを吸い込んだ。


ホテルの部屋には、一つが終わるとまた別の取材の人たちが入ってきた。写真を撮り、質問をし、わざとらしく頷いて、さっと帰っていく。

やたらと腰が沈み込む大げさなソファが並ぶ。繰り返されるほとんど同じ質問に答えるのは、監督と、主演のベテラン俳優と、それからわたし。

監督は、理路整然と映画の趣旨や苦労話やメッセージを、答えていく。

「撮影中、乃夏さんの表情に、自分が作っている映画だということを忘れて見とれてしまうことが何度もありました。彼女は素晴らしい女優です」

わたしは隣で、ありがとうございます、と言う。

去年の夏に別れた前の恋人は、写真家だった。

乃夏は特別な人間だから、と彼は言った。乃夏が写るとぼくの写真も特別になる。別れたい、と突然言ったのも彼だった。乃夏といると、自分が凡庸な人間に思えるんだ。乃夏はいつまでも才能を生かしてがんばってほしい。いままでほんとうにありがとう。

……なにが「ありがとう」だよ。ばーか。

舞台挨拶が行われる映画館に入る直前、彼からようやく返信メールが来た。夜中になるけど仕事が終わり次第会いに行けそう。二時過ぎてもよかったら。

うん、何時でもいい！

だから、舞台挨拶は楽しくできた。

何メートルもある大きなスクリーンに、これからわたしが映る。実物のわたしの何十倍ものわたしの顔が、色のついた光となって、台本に書かれていた台詞《せりふ》を何度も繰り返し言うのだと思ったら、なんだか、わたしはもう死んでしまって、残された映像をみんなが鑑賞しているみたいな心地がした。

強い照明を浴びた舞台の上からは、暗い客席はごろごろと石が転がる河原みたいに見えた。ときどき笑い声を上げたり拍手をしたりすると、石たちがぶるぶると震える。ストロボがたかれ、その残像でますます暗いところは見えなくなった。誰かが、わたしの名前を呼ぶのが聞こえた。

乃夏ちゃん！　かわいい！　乃夏ちゃん！　人形みたい！

誰？　わたしは、あなたのことなんて知らない。

打ち上げを終えて、新井さんに送られて家に着いたのは夜中の十二時過ぎだった。まだ時間がありそうだったから、わたしは、一度風呂に入ることにした。母は荷物ごと消えていたし、祖母はとうに寝ているらしく、母と話したのかどうかも聞けなかった。テーブルの上には、母が買ってきたに違いない、高級チョコレートの包みが置いてあった。

風呂から上がり、パンツだけはいてタオルで頭をがしがし拭いていると、かすかな音に気づいた。慌てて脱衣所から飛び出し、居間のテーブルの上に置いていたスマートフォンを取り上げた。手も顔も髪も濡れているから、故障するかも、と一瞬思った。

「あっ、わたし、今すぐに、出られるよ」

「ごめん、なんか機材のトラブルで、全然終わらないみたいなんだ。だからもう今日は……」

「何時でも、待つよ」

だって、今日の午前中の飛行機でまた中国の砂漠に行くんでしょう。そうしたら、次にいつ会えるかわからないんでしょう。

電話の向こう、どこかのテレビ局のたぶん廊下か階段かそんなところの様子は、わたしには全然伝わってこなかった。

「いいよいいよ。これ以上遅い時間になると、悪いし」

「会えないほうが、悪い」

少し沈黙。

「乃夏、今日は疲れてるんだから、もう寝てて」

なんでそんなこと言うのか、わからない。眠くない、と言うと、彼は今日の舞台挨拶のことを聞いてきた。

「楽しかったよ。監督も、なんかいろいろ言ってた」

「いろいろって？」

「なんか適当に、褒めるようなこと」

彼は十年も前から監督のファンで、自分より先にわたしが彼の映画に出たことを、羨ましがっていた。

「早く見たいなあ。いや、見たら嫉妬しちゃいそうだからな」

そして彼は、監督のどの映画のどの場面が好きかという話を、しばらくする。わたしは信用されているのだろう、とは思う。たとえ前に聞いた話でも、楽しそうに彼が話すのは好きだ。

だから、そんな彼の楽しみをさえぎって自分の要求を口に出す自分が、いやになる。

「ごはん、いつ食べられる？」

「乃夏って、いつも食べ物のことばっかりだな」

「いっしょにごはん食べたい」

「こないだすげえうまいスペイン料理の店教えてもらったから、じゃあ、そこ行こう」

「いつ？」

「そんな食べたいのかよ」

彼はまた笑う。

「うん」

「いつ？」

彼は答えなかった。

「乃夏。次の映画も、期待してる。がんばって」

仕事とかがんばってとか、どうして誰でも言えることを言うの？

あなたしか言えないことがあるのに。

スマートフォンを置いて顔を上げると、いつのまにか、トイレから出てきた祖母が立っていた。パンツ一枚だけはいてバスタオルを頭から被っているわたしを、視線を往復させせて眺めてから言った。

「あんたさ、男を必死に追いかけるなんて、みっともないよ」

「知ってるよ」

髪の先から、水滴がぽたぽたと床に落ちた。カーペットの床には、わたしの足跡がついていた。

「服着たら」

「うん、今着るとこ」

会いたいとかいっしょにいてほしいとか、仕事中の男に無理を言う女がどんなにつまらなくてみじめか、よくわかってる。だけど、そう思ったらいけないの？　だってわたし、ただ好きな人といっしょにいたいだけ。そんな当たり前のことを、普通の、誰でも思うようなことを考えるのは、そんなに悪いことなの？

　祖母は自分の部屋に入っていった。母と話したのかは聞かずじまいだった。


　デニムにパーカを羽織り、まだ少し湿っている頭にヘルメットをのっけた。外に出て、原付にまたがって、エンジンをかけた。振動と排気の音が、寝静まった街に響き渡る。夜の風は思ったほど爽快ではなく埃っぽくて、せっかくお気に入りの香りで洗った顔や髪にまとわりついた。意味なく近所を一回りし、コンビニに寄って、シュークリームとフルーツヨーグルトとチョコレートケーキと烏龍茶を買った。レジの店員の男は、商品と手元しか見ていなくて、わたしにもまったく無関心そうに、ありがとやしたー、と不明瞭な言葉を投げた。

　家に着いたころには、もう外の空気はうっすらと明るくなりかかっていた。ケーブルテレビで三分の一ぐらいしか意味のわからない外国のニュース番組を見ながら、買ってきたものを全部食べた。わたしは食べても太らない。もしかしたらモデルになるためだけに生まれてきたのかもしれない。誰かといっしょにごはんを食べて幸せに暮らすためでなく、写真や映像に見栄えよく映るためだけに。

　鞄の中に、朝、えれんちゃんからもらったくるみ大量マフィンの残りを入れっぱなしだったことに気づき、それも食べた。朝より甘く感じた。確かに、世界の気だかソウルだか運命だか、そういうのが何もかも悪い日だったんだね。えれんちゃんは、なんでも知ってるんだね。

朝日が差し込んでくる中、わたしはそのままソファで寝た。

四か月経って、わたしは東京から車で二時間の、初めて名前を聞いた街にいた。映画のロケは五日目で、明日には終わる。その次の日からはスタジオ。この映画ではわたしは幽霊の役。といっても、特殊メイクでホラーみたいなのじゃなくて、普通の格好のまま、夜になると家に現れる。座敷童《ざしきわらし》みたいなものかな、と解釈して演じている。

わたしの出演シーンが終わったのはもう夜中の一時を過ぎていて、山に近い小さな街は寒かった。薄いダウンジャケットのジッパーをいちばん上まで上げて、ロケ場所になっている古いログハウスの前で、マネージャーの新井さんが車を回してくるのを、スタッフの女の人と待っていた。フェンスの向こう、道路沿いには、メールやらＳＮＳやらでロケ情報を知った人たちが二十人ほど集まって、こっちを覗いている。高校生か、中学生に見える。こんな夜中に、寒いのに、元気だなって思う。彼らのいちばんの目当ては、映画初出演で主役に抜擢されたお笑いコンビ。彼らのシーンはまだもう少し残っている。

ようやく、建物の裏側から黒い四駆が現れた。四駆の性能が発揮できるから、新井さんは田舎のロケが好きだ。

スタッフの女の人に挨拶をして、車に乗り込むとき、見物人たちの声が聞こえた。

「誰？　モデル？」

「うわ、顔ちっちぇえ、目、でけえ。細い、っていうかがりがり」

「実物見ると、なんか宇宙人みたいだね」

「ちょっと怖い」

わたしは、動物園のパンダじゃなくて、変わったサルかアナグマぐらいの位置づけなんだろう。

車は、ひたすら道なりに走った。しばらく真っ暗で、そんなに高い山でもないのに飲み込まれそうに真っ暗だった。国道に出たらようやく街灯も増えた。

昼間に一度東京に戻っていた新井さんはちょっと眠そうで、事故らないか心配になった。カーステレオから流れるいかにも眠気を誘いそうな穏やかな男性ボーカルのジャズを切ってもいいかと新井さんに聞いて、ラジオに切り替えた。局数が少ない中、途切れ途切れの電波を拾っていくと、急にはっきりと聞こえてきたのは、本田流斗の声だった。同じ事務所の男の子二人と担当しているレギュラーコーナーらしい。最近はまっているゲームの話をしたあとで、本田流斗が、僕のとても好きな曲をかけます、と言った。

流れてきたのは、キャロル・キングの「You've Got a Friend」だった。さっきまでのわざとらしく賑やかな馬鹿話に対して、その歌声は、完全に別の番組みたいに浮いて感じられた。

「これさー、絶対、影響されてるよなあ」

新井さんが数か月前のあのラジオを聞いたとは思えなかったけど（その時間は警察署にいたし）、あの女優のことを言っているとすぐにわかった。

「本田流斗がキャロル・キング聞くなんて、全然イメージじゃねえし」

「うん」

わたしは曖昧に頷いて、左側に視線を移した。国道沿いには、回転寿司やレンタルビデオ店が並び、それぞれの広大な駐車場のせいか、すかすかでさびしい風景に見えた。車は走っているけれど人の姿はまったくなくて、もしかしたら車だけが勝手に夜中に遊びまわっているのかも、と思った。

祖母が「It's Too Late」の次に好きな「You've Got a Friend」の歌詞も、わたしはよく知っていた。「君の友だち」という日本語版のタイトルは、けっこういい出来だと思う。でもさ、あの歌に対してこの歌で返すっていうのは、ちょっとベタすぎじゃない？　なんていうことを、わたしは本田流斗といつか話すことがあるのかな。友だち。あの人と友だちになれるなんて、本気で思ってるの？　別れた人が、助けを求めに来るなんて、あなたを必要とするなんて、まだ期待してるの？

もう遅いのに。


駅前の唯一のビジネスホテルのシングルルームで、とりあえずテレビをつけて（どんなさびしい場所も、テレビをつけると間抜けになるからいい）、自販機で買った温かいお茶を飲んでいると、彼から電話があった。

「今日の撮影、終わった？」

「終わったよ」

「お疲れさま。おれも、もうそろそろ終わりそう」

先週、わたしは二十歳になった。その日は沖縄にいた彼からの誕生日プレゼントは、クロネコが家まで配達した。赤い箱を開けると、その前に会ったときにわたしがかわいいと言った靴が入っていた。黒にスタッズのついた靴。うれしかったけど、雑誌に載っていた写真とまったく同じで、かえって偽物みたいに思えた。

どこも完売で横浜の小さい店に一足だけ残ってたのを買いに行ったんだ、往復三時間もかかったよ、と彼は言った。

その時間を、わたしと過ごすことに使ってくれればよかったのに。靴なんて、自分で買える。と思ったけど、やっぱり言わなかった。

「こっちはほんと寒いよ。真っ暗だし」

「東京から二時間走るだけで、そんなに違うんだな」

「わたしだったら、二時間ぐらいの距離、原付飛ばしてでも会いに行きたいけどな」

ははは、と彼は笑った。冗談だと思われた。

「乃夏も明日仕事だろ。撮影、早いんじゃないの?」

「七時集合」

あと五時間。

「ちゃんと自分のやるべきことをやる乃夏だから、おれは好きになったんだと思う」

くだらねー。つまんないこと言う男だ。

そしてわたしはそんなつまんない男に、どうしても会いたい。

「おやすみ」

「おやすみなさい」

スマートフォンを投げると、ベッドに転がった。わたしもその横に転がる。ここのホテルのシーツは硬すぎて、寝心地が悪い。

つけっぱなしのテレビには、さっきからもう四度目の同じCMが流れていた。本田流斗が、さわやかな笑顔でビールを飲み干している。なんだよ、わたしのストーカーかよ、とテレビに向かって言ってみて、あ、逆か、と思い直した。

主演ドラマの視聴率がよくてますます忙しくなった本田流斗は、今ごろ、東京のどこかのテレビ局のスタジオでバラエティ番組の収録でもやっているに違いない。

目を閉じるとそのまま眠りそうになった。実際、眠ってしまったのかもしれない。とても短くて覚えていない夢を見た。

目を開けると、テレビに放送終了のお知らせと花畑の映像が流れていた。電源をオフにして、黒くなった画面を見つめると、その向こうになぜか、さっきのビールをがぶ飲みする本田流斗の笑顔が見える気がした。

ねえ、たぶん、わたしたち、望んでいるものは手に入らないよ。

誰も、与えてはくれないんだよ。

ほんとうにほしいものは、与えられない。

どれだけ待っても。


勢いをつけて、硬いベッドから起き上がった。

プラスチックが古びて黄ばんだ浴槽に、お湯を溜める。えれんちゃんにもらったにおいの強い入浴剤を振り入れると、軽く吐き気がした。

調節を間違えたのかお湯は熱すぎて、浸かったところから皮膚がひりひりした。密閉されたカプセルみたいな空間には、ただ水滴の音だけがして、それもすぐに蒸気の中に吸い込まれていった。わたしの体、あかくなった皮膚、骨張ってひょろ長い手足を眺めていると、だんだん、自分が突然変異してしまった生き物みたいに、この部屋から外へ出たら街で暮らしている人たちとは違ってしまった生き物みたいに、思えてきた。

わたしは、声を上げて泣いた。そしてその声は、誰にも聞こえなかった。

九月の近況をお知らせします

「あーもう、なんで今やるのよ！　なにがおもしろいのよ！」

自分の怒鳴り声を聞いた瞬間、そんな言い方するつもりじゃなかったのに、と後悔する。それなのに、顔も声も戻すことはできず、むしろさらに苛立ちをあらわにして、わたしは四歳になったばっかりの虎太郎の腕を強く引っ張った。

うわあああああ、と虎太郎の泣き声が2LDKの部屋じゅうに響き渡る。うわああああ、ぎゃあああああ、と息子は自分がひっくり返した大量のブロックの上に転がって、わたしを責めるように絶叫した。

「おかーさんが、こたろーを泣かしたぁー」

玄関から、七歳のちなつが大声で歌うように言う。小学校にこういう嫌味な同級生がいたなあ、と娘と重ねてしまう自分は悪い母親なのではないか。そんな気持ちが胸をよぎるが、とにかく、虎太郎を保育園に連れて行かなければならない。

「はいはい、悪かった悪かった。ごめんね。とにかく立って！　もう行くよ」

腕を引っ張り上げると、虎太郎は多少抵抗したが、自分でも保育園に遅刻するのはいやなようで、しゃくり上げながらも玄関へ向かった。

「なーに？　どした？」

玄関脇の部屋のドアが薄く開き、下のほうから夫の圭介が顔を出した。寝床から這ってきて、死体みたいな顔つきだった。

「気にしないで。とにかく寝てて」

「ごめん、理恵ちゃん……」

と言ったまま圭介はうつぶせで動かなくなったので、わたしはその重い体を部屋の中へ転がしてドアを閉めた。

ちなつと虎太郎を連れて、外へ出た。九月になってもまだ蒸し暑い。空は中途半端に曇っていて、朝らしいさわやかさはどこにもなかった。仕事道具が詰まった特大サイズの鞄が、よけいに暑苦しい。

「あらあ、どうしたの？　お母さんに、怒られたのかなー？」

エレベーターで六階から乗り込んできた、ときどき会うけど名前は知らない、髪を紫色に染めたおばあちゃんが、虎太郎の涙と鼻水に濡れた顔を覗き込んだ。

「ああ、どうも、すみません」

とわたしは適当に返答する。パープルおばあちゃんはさらに、虎太郎の頭を撫でだした。

「かわいそうねえ、男の子は元気なのがいちばんなのにねえ」

あなたは暇でしょうけどわたしは余裕がないんです、と頭の中で自分の声が聞こえるが、もちろん口に出しては言えない。

「あのねー、おかあさんが」

と言いかけたちなつをにらむと、黙った。

マンションの下で集団登校のグループにちなつを連れて行き、虎太郎を自転車の後ろに乗せて保育園へ走る。狭い道をさらにすれ違う車に追いやられながら、必死にペダルを踏み込んでも十五分はかかる。

「おかーさん。……がいるー」

背中から、虎太郎の声がする。よく聞き取れない。

「えー？」

「かぶと虫がいたー」

「ああ、そう？」

マンションと建て売り住宅が並ぶこんなところにいるわけがない。なんのことなのか、考える気力もない。

「かぶと虫、買いに行くー」

「また今度ね」

もっとやさしく、ほのぼのとした答えをしたい。子供が読むお話や、SNSでシェアされてくるちょっと感動するエピソードに出てくるおかあさんみたいに、世界のあたたかさを教え、小さな心を包み込むような、そういう言葉を言いたい。

でも、浮かばない。

かぶと虫になんの思い入れもない。

わたしは、足にいっそう力を入れて、青信号が点滅している横断歩道を渡りきった。

わたしの仕事は朝早いことも多く、普段は圭介が子供たちの送迎をしている。圭介は元は音楽系のライターをしていたが、昔から趣味で漫画を描いていたのがいつのまにか仕事になり、今は子育て漫画をウェブサイトで連載したり、ちょこちょこ細かいイラストも描いている。昨夜はやっと描き上げた原稿を編集部の意向で全部描き直さなければならなくなり朝五時まで死にそうになってやっていた。ということで、今日は急遽わたしが送っていかなければならなくなった。幸い、今日はうちから行きやすいスタジオが現場で、時間も保育園に行ってからでもぎりぎり間に合う。

保育園の門は、子供用の椅子をくっつけた、昔懐かしい暴走族の改造バイクにも似た自転車で混雑していた。

「おかーさん、またねー」

保育士さんに手をつながれた虎太郎は、友だちにするみたいにわたしに手を振った。わたしは、虎太郎があっちを向くまでの数秒だけ笑顔を作り、それからさっき来た道を逆向きに自転車で走った。

昨日、仕事先でもらったプリンがまだ一つ残っていたのに、食べ損ねた。家に帰るころには、圭介に食べられてしまっているだろう。


電車はちょうどラッシュのピークで、各駅停車でも身動きできないほどの混みようだった。この暑いのにダークな色のスーツを着込んだおじさん二人の間で、わたしは、左手に握りしめたスマートフォンの長方形の液晶画面を凝視していた。

二週間前から、毎日見るようになったブログ。毎朝、七時ごろに更新されている。彼女は規則正しい。

どんな天気の悪い朝も、彼女は穏やかな中間色の画像をアップする。昨日焼いた玄米パン。子供の描いた絵。庭に咲いたクレマチス。ネットショップで販売している手作りバッグの新作。そのバッグを、買おうかな、とついリンク先をクリックしそうになって慌てる。

彼女は、わたしの名前を知っているだろうか。

わたしが、彼女の名前を知っていたように。

一度も会ったことがない、三つ年下の彼女は。

カーブで電車は大きく揺れ、スマートフォンが手から滑り落ちそうになった。

住宅街にあるスタジオでは、撮影の準備が粛々と進んでいた。慌てたぶん一つ早い急行に乗れたので、意外に早く着いてしまった。こんなことならさっき虎太郎にもう少しやさしく接すればよかった、と後悔しながら、撮影スタッフや広告代理店の人たちに挨拶を繰り返しながら控え室に入ると、ライトのついた鏡の前に座るえれんちゃんが、振り向くなり甘ったるい声で言った。

「今日宮本さんなんだぁ。あー、朝から顔が疲れてるぅ」

「ごめんね。もう四十だから寝て起きても回復しないのよ」

「それはぁ、宮本さんのエナジーの流れが滞ってるの。正しい流れに戻したら、年齢なんて関係なく輝けるよ」

おもしろい。えれんちゃんは、こういうことを本気で言うから、感心する。どうやったらそんなことを素直に信じられるのか、わたしには全然わからないから。

「輝きたいねえ」

とわたしは適当に言って、えれんちゃんの長い栗色の髪にカーラーを巻く。やわらかくて艶のある髪。きっとエナジーの流れが正しいのだろう。

「宮本さんはぁ、世の中を斜めに見るから、毒素が溜まるんだと思うのね。まっすぐに世界を受け止めれば、きっとほんとうの自分が現れて、楽になると思う」

笑ったら怒るかな。

えれんちゃんのしみも皺もまったくない白い肌を化粧水で押さえ、それからファンデーションを薄く塗り、眉、アイラインと描いていく。モデルなのだからもともと整った顔だけれど、自分が線を描き足す度に印象が違っていくのは快感だ。

男性のメイクも担当するが、女の子の顔を作るほうが断然おもしろい。パーツの主張が少ない顔だと別人のようになるし、鏡でその顔を見た彼女たち自身のふるまいやしゃべり方が少し変化するのがたまらない。顔が内面に影響することを、目の当たりにする。たとえそれが撮影の僅かな時間の間だけでも、ちょっとした魔法使いみたいな気分になれる。

メイクを終えたえれんちゃんとスタジオに入り、CMディレクターの指示で前髪を直していると、

「おはようございます」

とひときわ通る声が聞こえた。専属のスタッフを引き連れて、本田流斗が入って来た。

おはようございます、よろしくお願いします、とあちこちから挨拶の声が飛ぶ。もう十五年以上この仕事をやって、慣れてしまったし疲れていることも多いが、こうしてなにかが始まるとき、これからここにいる人たちで一つのものを作っていくんだと感じられる瞬間には、やっぱり自分はこの仕事が好きなんだと思う。

ディレクターとカメラマンが指示を出し、えれんちゃんと本田流斗は、強いライトに照らされたセットの中に立つ。一軒家のリビングを模したセット。ウッドデッキのテラスも作ってある。今日は、ビールの新商品のCM。放送されるのは秋の終わりからだから、鍋バージョンと、焼き牡蠣《がき》バージョンだそうだ。新婚の夫婦という設定。

カメラとモデルの立ち位置が決められ、それに合わせてわたしはえれんちゃんの前髪を直しにリビングに上がった。

「えれんちゃん、テーブルの前に立ってみてくれる？」

「はーい」

セットから離れるとき、ウッドデッキに立っている本田流斗のすぐ前を通った。直接担当になったことはないが、現場でいっしょになるのは四度目か五度目。近くで見ると、やっぱりきれいな顔だ。連続ドラマに映画の撮影もあって、さすがに眠そうだった。

「じゃ、一回テストいきまーす」

わたしはスタジオの隅に移動し、真昼のように明るく光る作り物のリビングを眺めた。


本田流斗とわたしとは、まったくの無関係というわけでもない。

本田流斗が半年前までつき合っていた女優、朝川有紀子は、わたしの夫である圭介の中学時代の同級生だ。同級生、とはいっても、圭介は三年間一度も朝川有紀子と話すことはなかった。同じクラスにもならなかったし、部活（圭介は美術部で朝川有紀子は陸上部）でも委員会でもなんの接点もなかった。ただ圭介が、毎朝登校時間を合わせ、放課後は陸上部の練習を眺めるために美術室がグラウンドに面しているというだけの理由で美術部に入ってろくに絵を描きもせず窓際に座っていただけだ。高校は別になり、十七歳で朝川有紀子が女優としてデビューしたあとも、圭介は彼女の熱烈なファンで、テレビドラマを録画した古いＶＨＳが今でもうちには大量にある。

おととし、「朝川有紀子と本田流斗　仰天！　年の差熱愛」と週刊誌に載ったとき、圭介は本気で落ち込んで、傍で見ていると笑えるくらいだった。この人やっぱりばかだったのかな、と思った。

自分の息子の年齢とは言わないまでも十五歳も年下のアイドル俳優とつき合うとはショックだろうが、だからってごはん食べたくないとか朝川有紀子が若いころのビデオを見てため息ついたりとか、女子中学生かよ、とつっこみそうになった。だけど、かわいそうで、そっとしておいた。

「一回休憩入れまーす」

スポンサーが注文をつけてセットの位置を直すことになり、撮影は中断した。

えれんちゃんの髪も、ルーズにまとめたスタイルに変えることになった。

再びライトの並んだ鏡の前で、えれんちゃんの髪に逆毛を立てていると、急に、

「宮本さんて、結婚した理由はなんですか？」

と聞かれた。

「調査中なの。結婚とはなにか。人間はなぜ結婚をするのか」

鏡越しのえれんちゃんは、妙にまじめな顔をしていた。

「人それぞれなんじゃない？」

「もうー、宮本さん、のってくださいよー。クールなんだから」

「あー、そうね」

えれんちゃんのふわふわした髪をピンで留めつつ、鏡に映った自分の顔が目に入る。職業柄、見た目には気を遣っていて幸い「老けた」という印象はないと自分でも思うけど、でもそこにいるのは確実に二十代の自分とは違う顔だった。というよりも、二十代の自分がどんなだったか、思い出せない。

「それで、宮本さんはなんで結婚したんですか？」

「邪魔しなそうだったから、かな」

圭介と最初に会ったのは、八月、東京湾に浮かぶ屋形船の上だった。男女十五人ずつ参加の、要するに合コン的な集まりで、わたしは学生時代の友人から人数合わせに

急に呼ばれたのだった。浴衣《ゆかた》で着飾った女子たちの中で、わたしは仕事帰りのTシャツにチノパンで大荷物を抱えていた。海上は生ぬるい潮風が吹き、体じゅうがべたべたした。

「たまたま飲み会で隣に座ってて、わたし結婚はそんなにしたいわけじゃないけど子供は生んでみたいんだよねーって話をしてたら、おれも子育てって体験してみたい、ちっちゃい子っておもしろいこと言うじゃん。おれ、年の離れた兄弟の面倒見てたから、世話するのも苦にならないし、みたいなこと言ってて」

たまたま、は、正確ではない。広告業界の押しの強そうな男の人ばっかりでなんだか苦手だなーと思っていたら、隅で一人でさっさとビールを飲んでいる人がいて、きっとこの人はわたしと同じような数合わせ要員に違いない、と思って隣に座ったのだった。

「交換条件とか、契約的な感じだね」

「そこまで合理的ではないけど、悪い人ではないかなーっていうのはあって。見た目も、かわいい感じ、えーっと、雑種の子犬っぽくて」

小学生のときに幼なじみのまみちゃんが拾った丸くてかわいい子犬は、半年も経たないうちに人相（犬相？）のいかつい成犬になってしまったけれど、圭介の印象はそんなに変わらないままだ。保育園の他のお母さんたちにも警戒心を持たれずに、ママ友ランチ会にもときどき参加しているらしい。

「やっぱり見た目は重要なんだ」

「印象が悪くない、って程度にはねえ」

三回いっしょに飲みに行ったあと、圭介はわたしのアパートに居着いて、そのまま家事をしてくれるようになった。半年後に妊娠して、どうしても結婚したくない理由もないし、手続きや制度上いろいろ便利だから入籍はしておこう、という話になって、ちなつが生まれる一週間前に婚姻届を出した。

「それではぁ、核心に切り込んじゃうけど、結婚と恋愛は別派なの？」

「別、っていうか、そういうこと考えることもなく、気づいたら結婚してたからねえ」

「宮本さんて、おもしろーい」

「ああそう？」

えれんちゃんの髪は完成し、「部屋でほっこりいっしょにビールを飲みたい新婚妻」になった。コンセプトはどうかと思うが、えれんちゃんはかわいくなった。自分は結構いい腕だ。

「えれんちゃんは、今二十歳だっけ？」

「来月二十一歳」

年齢より幼く見える気もするが、仕事は誰より早く来て飲み込みもいいし、大学にも通っているらしい。自分がこれくらいの年齢だったときより、中身はしっかりした大人なのかもしれない。

「それくらいのときは、人並みに恋とかなんとか、盛り上がったこともあったけどね」

「えー、知りたい」

「もう、忘れちゃったよ」

スタッフが呼びに来て、わたしたちはまたライトがまぶしすぎるセットに戻った。テラスには焼き網と牡蠣が用意されていて、エプロンを着けた本田流斗が料理の腕をふるうという設定に基づいて、撮影が再開された。


圭介と結婚する前に、つき合ったことがある男の人は一人だけだ。彼と会ったのは、大学三年の夏だった。同じレンタルビデオ店でアルバイトをしていたのだが、彼とわたしのシフトはちょうど入れ違い。夜十一時にわたしが帰るときに彼はやって来た。

子供のころから今までを振り返ってみても恋愛要素が薄い自分からは考えられないのだが、いわゆる一目惚れというやつで、控え室ですれ違う僅かな時間、棚にビデオケースを並べる彼の横を通り過ぎる瞬間が、いちばんの楽しみだった。

つき合い始めたのはその二年後。わたしはビデオ店のバイトを続けながらヘアメイクの専門学校に通っていて、バイトを辞めた彼は設計事務所で働いていた。客としてビデオを借りに来た彼に、わたしは思い切って声をかけた。映画や海に出かけたり、お互いの部屋を行き来したり、ごく普通の男女の交際が続いた。ほんとうに楽しかった。少しでも彼といっしょにいたかったし、とにかく彼がよろこんでくれることをしたかった。誰かに対してそんなふうに思ったのは、後にも先にもそのころだけだった。

つき合いだして二年ほど経って、彼が週末の度に仕事だとか学生時代の友人たちとサッカーをするだとかなんとか言って会えないことが続いた。二か月ぶりに彼の部屋に入ったとき、なにか、感じることがあった。なにか、違う。よくないとは思ったが、彼が風呂に入っている間に携帯電話を見た。着信メールは消去されていた。その時点ですでにだいたいの事情は理解できたのだが、消し損ねたらしい送信メールのほうも見た。最新は、わたしが部屋につく五分前に送られたメールだった。送信先は「前原」で、メールは「会いたい」の一言だけ。ああそうか。と、わたしは携帯電話を元に戻し、風呂から出てきた彼といっしょにレンタルビデオのアクション映画を見ながらデパ地下で買ってきたプリンを食べ、そのまま泊まった。そのあと、土日何をしているのかとか他に誰かいるんだったら別れようかとか、努めて軽い感じに何度か聞いてみた。彼は曖昧な答えで、まだわたしが好きなようなことを言っていたが、やっと二か月後に、別れよう、と言った。

唯一共通の友人だったビデオ店のバイト仲間の男の子から、「前原」は彼の地元の後輩だと教えてもらった。フルネームも。高校のサッカー部のマネージャー。三つ年下だから直接いっしょだった時期はないけど、地元ではなんだかんだ集まりがあるそうで、二年近く前からつき合いがあったらしい。

それ以来、彼には一度も会っていないし、連絡も取ったことがない。バイト仲間とも縁は薄れていって、彼のその後も全然知らなかった。

一つだけ、納得がいかないのは、わたしが「彼に捨てられた」とか「若い子に彼をとられた」と、周りで認識されていたことだ。正直に言うと、その半年は前から、彼といてもそんなに楽しくなかったし、だから彼も「前原」に心が移ったのかもしれない。わからないけど。

そんなことは、すっかり忘れて、というか、あらためて思い返すことなんてずいぶん長い間なかった。

「宮本さん、えれんちゃんの汗抑えてくださーい」

「あ、はい」

急に声をかけられて、わたしは床を這うコードにつまずきそうになりながら、ウッドデッキへ走った。

二週間前、わたしはめずらしく映画の仕事に入っていた。長回しで撮るタイプの監督なうえに、新人の女優になかなかＯＫが出ず、そろそろ日付が変わりそうな時間だった。

撮影が完全に中断してしまい、セットの隅で、手持ちぶさたのマネージャーたちとしゃべっていて、誰かが元彼が女性になっているのをネットで見つけてびっくりしたという話をして、そのうちに他の人たちも、元彼、元カノを検索してみようという話になって、盛り上がりだした。

暇すぎたし、疲れて判断力も鈍っていたのだろう。わたしは、まず、彼の名前を入力した。検索結果が表示されたが、姓名判断のサイトばかりで、つまり彼と思われる情報はなかった。その次に、彼女の名前を入力した。バイト仲間に教えてもらった、フルネーム。表示されたのは高校の陸上選手の記録で、明らかに違った。そこでやめればよかったのだが、わたしはなぜか当然のように、「彼の姓＋彼女の名前」を入力してしまった。そして親指で「検索」のところに触れてしまった。

０・１秒の早業で、表示されたのが、そのブログだった。一瞬、頭の奥のほうがひやりと冷たくなった。

「だれか見つけた？」

と隣にいた人がこっちの手元を覗こうとしたので、わたしは慌てて検索画面を閉じた。

「あー、なんか、全然出てこない。facebookとか、普通やってそうなのにね」

「宮本ちゃんもやってないいんでしょ」

「不精だから」

「わかるー」

家の方向が近いスタッフの一人が車で送ってくれ、三時過ぎに家に着いた。子供二人はもちろん、圭介もとっくに眠っていた。わたしはリビングのペンダントライトだけをつけ、もらってきた差し入れのお菓子をかじりながら、長方形の液晶画面でそのブログを見た。

予想外に、最初に出てきた画像に、いきなり本人の顔が写っていた。え？　プライバシーとか個人情報とかだいじょうぶなの、と、まあ美人の範疇《はんちゅう》だな、と同時に思った。

彼女は、主婦向け情報サイトの読者モデルとしてブログをやっていた。サイト内の人気ランキングで二十位に入っていた。そうかー、こういう世界があるんだよなー、と疎いわたしはまず感心した。

日付をさかのぼり、ひたすら読んだ。気づくと、朝の四時近くになっていて、そのときようやく、パソコンで見ればよかったのになんでこんな小さい画面を必死に見たのか、気づいて自分がばからしくなった。

ばからしくなったが、翌日もブログを見た。その翌日も。単純に、覗き見的な好奇心がまずあって、そのほかはなんだろう。

彼が今どうしてるか知りたいから？　自分がもしかしたら彼女の立場だったかもしれない、と思うから？

そうして今も、スタジオの隅で、ついスマートフォンを覗き込んでしまっている。

家はどうやら、千葉県の海辺の街にあるらしい。彼と彼女の地元は、確かに房総半島の港町だった。

画像に写る室内は、常に素晴らしく片づいている。出しっぱなしのものなんてなく、花や素朴な木製のおもちゃが飾ってある。古民家を自分たちで改装したそうだ。縁側に作った白いテラスがお気に入りの場所。畳の部屋に似合う祖母から譲り受けた足踏みミシン。そのミシンで作る、草木染めの布を使ったバッグ。子供は、女の子が二人。中学生と小学生。下の子は、どうやらちなつと同い年。このあいだ読書感想画コンクールで賞をもらったらしい。

思ったことは、これは全部、誰かが作ったお話なんじゃないか、ということだった。だって、できすぎている。いかにもすぎる。書店のインテリアのコーナーに行けばたくさん並んでいるライフスタイル本を、そのままブログにしたような感じだった。でもきっと、こういう生活をほんとうにやっている人がいて、こういう生活に本気で憧れる人たちがいるから、ああいう雑誌や本もこのサイトも成り立っているのだろう、と思う。

彼女の一家は、休日にはすぐそばの海によく出かけ、ときどき山へピクニックにも行く。そんなとき、バーベキューをする男性のうしろ姿が写り込んでいる。わたしとつき合っていた彼のようだが、顔は見えないし、彼の仕事や具体的言動は書いてない。そういえば主婦向け雑誌の編集者が、読者モデルは夫の情報をあまり書かないほうがいいと言ってたな。稼ぎがいい仕事なら妬まれるし、逆なら見下される。あくまでふんわりと、やさしいだんなさま、みたいにしておくのがいいんだと。そんなもんかな、とわたしは思う。そして、今朝、ゾンビみたいになっていた圭介を思い浮かべた。

「宮本ちゃん、スマホ依存症ってやつなんじゃない？　ゲームにでもはまってるの？」

突然肩を叩かれ、縮み上がるほど驚いた。十年近いつき合いになるえれんちゃんの事務所の女性社長が、驚きすぎのわたしの顔を見て笑った。撮影を覗きに来たらしい。

「あー、びっくりした」

「眉間にしわ寄りすぎ。戻らなくなっちゃうよ」

社長はカラッとした声で笑い、代理店の人や撮影スタッフに挨拶に行った。撮影現場にいることを一瞬忘れそうになっていた自分が恥ずかしくなり、スマートフォンを鞄に戻そうとすると、メールが届いた。圭介からだった、虎太郎のお迎えには圭介が行ってくれるらしかった。晩ごはん、なにか食べたいものある？　とも書いてある。

しばらく考えて、
〈イカフライ〉
と返事した。

ようやく撮影が終わったのは、予定を大幅に過ぎた午後五時半だった。

七時過ぎに家に帰ると、テーブルにはちゃんとイカフライがのっかっていた。圭介は虎太郎が食べるのを手伝っていて、ちなつはもう食べてしまったらしく、テレビの前で宿題の漢字の書き取りをやっていた。

家の中の写真なんて、絶対に公開できないな、とわたしは思う。床もテーブルの上も台所のカウンターも、整理できていないもので溢れている。子供の靴下とカードの明細書とウェットティッシュがごっちゃになっている。圭介は家事全般をやってくれるが、片づけだけはどうにも苦手なのだった。

圭介は、虎太郎がこぼしたきゅうりを拾いながら聞いた。

「今日の仕事、なんだったの？」

「CMの撮影。ビールの新商品」

「へー。芸能人？　だれ？」

「圭介は知らないと思う」

圭介は手を止めて、上目遣いにわたしの顔を見た。

「もしかして、本田流斗？」

妙なところで、鋭い。

「圭介は、なんで自分で自分を追い詰めるようなことを言うのかなぁ」

「気にしてないよ。っていうか、むしろ好きだよ、おれは、本田が」

圭介は、憮然としながら続けた。

「朝川さんが好きなものをおれも好きになったら共通点が増える」

どこまで本気なのか、よくわからない。

たぶん、生活の一部なんだろう。毎日テレビを見るように、ごはんを食べるように、朝川有紀子のことを考えることが、圭介の二十五年間の習慣になっているのだ。それは変えようがない。一度も話したことがないことも、自分のことをおそらく知らないことも、圭介にとっては大した問題じゃない。

圭介のこのちょっと行き過ぎたファン感情を、わたしはいっしょに住む前から知っていて、変わってるなとは思ったが、腹が立ったりいやだと思ったりしたことはなかった。むしろ、おもしろがってきた。

そのはずなんだけど。

「圭介さあ、あんまり言うと、ほら、前にちなつが友だちのお母さんに、うちのお父さんは好きな人がいるんだよー、とか言って大変な誤解を招いたことがあったじゃないですか？」

なるべく苛立ちを出さないように言ったのに、ちなつはかえってはしゃぎだした。

「おとうさんの好きな人、さっきテレビで見たよー」

「あのね、ちなつ。好きな人、じゃなくて、テレビで見たよー」

「だって、おとうさんが、好きって言ってるもん」

ちょっとした反抗期なんだろう。自分もこのぐらいの年のころは、親がいやがるようなことをわざと言ったりしたものだ。そう、お母さんはわかってるよ。

だけど。気の利いた答え。やさしい答え。そんなのは全然浮かばない。

その代わりに、あのブログの文章が頭に浮かんでくる。彼女は今ごろ、あの白いテラスのある古民家で、どんな会話をしているだろう。ちなつと同い年の女の子と。わたしと同い年の、四十歳になった彼と。テーブルの上には、健康的な料理が並んでいるに違いない。ちなつが、おもしろがって聞く。

「おとうさんはー、おかあさんと朝川有紀子とどっちが美人だと思う？」

「そりゃ、朝川さんだろう」

圭介は即答した。

「はあ？」

思わず、声が出た。

「当たり前じゃん。あんなきれいな人、めったにいないだろ」

圭介に悪気はないし、朝川有紀子がめったにいない美人でわたしが十人並みの見た目であることは明々白々の事実で、圭介がこういうことを言うのもいつものことだ。

「なんだそれ」

なのに、わたしの口から出た言葉は、怒りと不満と不機嫌があからさまに含まれたものだった。

圭介も軽く驚いたようで、わたしを見た。

「どうしたの、急に」

「子供の前ぐらい、気遣いってもんがあるだろ」

テレビの前のちなつは、さすがに雲行きの怪しさに気づいたらしく、鉛筆を握りしめたまま固まっていた。

「ウソつけばいいの？」

圭介の声は、いつになく冷たく聞こえた。

「……、わかった」

そう言ったけど、なににいちばん腹を立てているのか、自分でもわからなかった。

「虎太郎！　海苔ばっかりじゃなくてごはんもおかずも食べなさい」

また声が荒くなってしまうが、虎太郎は、

「海苔が好き」

と言い張った。

「好きなものばっかり食べてたら、栄養が偏る。成長しない」

虎太郎が、泣きそうな顔になる。圭介が、その頭を撫でる。

「虎太郎、じゃあふりかけかけてやろうか。アンパンマンふりかけ」

「ほんとー？」

やはり長時間いっしょにいるほうに、自分にごはんを食べさせてくれるほうに、なつくものだろうか、子供は。猫や犬と同じように。

「とにかく食べてくれたらいいよ」

わたしは力なく言うと、イカフライを黙って食べた。やわらかくておいしかった。

虎太郎が寝て、明日は嫌いな体育があるとごねていたちなつも寝て、やっと風呂に入ってリビングに戻ると、圭介は仕事を休憩してモニターの画面を見ていた。

映画の一場面だ。圭介があまりにも繰り返し見るものだから、横目で見ているだけなのに、台詞もカット割りも覚えてしまった。朝川有紀子がまだ二十歳ぐらいのころに出演した、名作と呼ばれている映画。十年後の世界にタイムスリップしてしまい、自分の恋人がもうすぐ死ぬことを知ってしまう場面、それに続いて、一人で海辺を歩く場面。美しくてかなしいシーンだ。圭介はいつも、涙ぐみながら見る。今も、鼻をすすっている。

朝川有紀子は、ブログもツイッターもやっていない。トーク番組なんかにもあんまり出ない。いっしょに仕事をしたことのある人の話では、無趣味で取り立てておもしろいところのない人らしい。一度だけ、映画祭で遠目に見たことがあるが、画面で見るのと同じきれいな人だ、という印象しかない。

ティッシュで鼻を拭いている圭介の背中に、声をかけた。

「ねえ、もし、わたしに朝川さんの仕事が来たらどうする？」

「うらやましい」

迷いのない答えだった。

「圭介もついてくる？」

「なぜ？」

「会えるじゃない」

「会ってどうする」

「しゃべるとか」

「話すことなんか、ないし」

圭介は、モニター画面を見つめたままだった。恋人役の俳優が坂道を駆け上がって、朝川有紀子を追いかけていく。

「……なんとなく、それはわかる」

「わかってくれてうれしいよ」

圭介は、やっと振り返って、充血した目でわたしを見た。

「おやすみ」

「明日は何時？」

「朝は十時でゆっくりだけど、そのあと二つあるから夜は遅いと思う」

「わかった」

ちなつと虎太郎の隣の布団に入って、わたしは性懲りもなく、またスマートフォンの画面に指を滑らせた。

ブログは、今日は夜九時にも更新されていた。上の女の子の誕生日で、家でパーティーをしたのだそうだ。母娘三人でケーキを焼き、おじいちゃんおばあちゃんもいっしょに部屋の飾りつけをした、と色とりどりの布がぶら下がったリビングの写真がアップされていた。

急に、思い出した。

十五年前、彼に対する気持ちに小さな穴があいた瞬間のことを。

狭いわたしの部屋に、仕事帰りの彼が来ていた。どうしてそんな話になったのか思い出せないほど何の気なしにわたしが言ったことが、発端だった。

——このへんって気軽に晩ごはん食べに行けるお店がないよねえ。実家だと今日は作るの面倒だからみたいな感じでさくっと食べに出かけてたんだけどね、週に二、三回とか。

——そんなに外食するってずいぶん贅沢してたんだね。

——ううん、そういうんじゃなくて、そば屋とか安い中華とか定食屋とかのことだよ。

実家は下町の商店街の真ん中、そば屋や中華屋のおっちゃんおばちゃんは子供のころから知っていて、親戚の家みたいなものだった。説明したけれど、彼にはそれは全然伝わらないみたいだった。

――そんな店に？　週に三回も？

――まあ、多いときは。

――そんなの、おかしくない？

おかしいってなにが、と思う間に、彼は続けて言った。

――家族の食卓を大事にしない人って苦手だな。きみがそういう両親に育てられたって思うと、ちょっとショック。

だいたいそんなようなこと。今にして思えば、言い返せばよかったな。わたしこそ、あんたが話もちゃんと聞かずに人の家族のことを勝手に決めつけるような人でショックだよ、って。

親指でスマートフォンに触れると、液晶画面が突然暗くなった。充電が切れたのだ。昼間もひっきりなしに見ていたのだから、そりゃあ電池もなくなるだろう。

わたしは自分のまぬけさに笑ってしまって、ただの金属の塊になったスマートフォンを枕もとに置いた。

目を閉じると、ブログにアップされていたダイニングテーブルの画像が浮かんできた。

彼は望み通りの生活をしているのだ。それでよかったんだろう。そしてそれは、わたしが望まなかった生活だったんだろう。

わたしは今、望み通り、なんかじゃなくて、予想もしなかった生活を送っているけれど、少なくとも、やりたくないことはやっていない。それから、楽しいと思える仕事があって、子供が二人もいて、夫はよくわからない人ではあるがこの小さな家族を支えてくれている。たぶんそれは、けっこう難しいことだ。ささやかだけど、得難いものだ。

ちなつと虎太郎の寝息を聞いているうちに、わたしもすぐに眠りに落ちた。


めずらしく寝坊した。子供たちはもう朝食を食べ終わり、圭介は虎太郎を送りに出る準備をしていた。ちなつはリビングで漢字ドリルを探し回っていた。

「昨夜《ゆうべ》ここで宿題やってたじゃない」

「でもないんだもん」

わたしも床にちらばるTシャツや雑誌なんかをめくってみるが、ドリルは見当たらなかった。

「ランドセルに入れちゃったんじゃないの?」

「もう見たよ」

スマートフォンを充電器につないで電源を入れると、着信があったと表示が出た。七時十五分。こんな時間に誰から、と思うが番号に見覚えはない。

留守番電話メッセージを再生すると、アニメのキャラクターみたいな声が響いた。

「えれんでーす。宮本さんにお礼言いたくって電話しました。またかけまーす」

なんでわたしの電話番号知ってるんだろ、ああ、こないだ名刺を新調したときにえれんちゃんにもあげたんだっけ、と記憶をたぐりながら、電話をかけ直した。

「えれんちゃん、こんな早くにどしたの?」

「宮本さん、ありがとう」

「なに?」

電話の向こうからは、車が走る音が聞こえた。早朝の撮影だったのかもしれない。丸の内あたりで。

「わたし、結婚しようって言われててしようかなって思ってたけど今はやっぱりしないことに決めました！」

なんのことだろう。

「今から、返事しに行ってくるね」

えれんちゃんの声はいつも通り明るいけれど、落ち着いていてやさしかった。

「えー？」

ふと視線を移すと、ダイニングテーブルの上、タオルの下に漢字ドリルの角が見えた。引っ張り出すと、ちなつが、あったー、と叫んだ。わたしはスマートフォンを耳に当てたまま、ちなつに漢字ドリルを手渡して頷いて見せる。

「昨日、宮本さんと話してるときに決めちゃった。結婚するかしないかがいちばんだいじなことじゃないってわかったから。ありがとう。じゃあ、もう迎えが来てるから」

「とにかく、なんていうか、よかったね」

電話を切って振り返ると、圭介は虎太郎に保育園の鞄を持たせながら、こっちを見ていた。

「なんの話？」

「えれんちゃん、結婚するかどうか迷ってたんだけどしないことに決めてなにがだいじなことかわかったんだって。二十歳って、いろいろ考えてるんだよね。でも、すごく幸せみたいよ」

「よくわかんないけど。それで、なんで朝から理恵ちゃんに電話してくるの?」

圭介の目は、まだ眠そうだった。いや、いつもこういう顔か。

さっきの電話を圭介にかわって、えれんちゃんに聞いてもらえばよかった。なんで、宮本さんと結婚したんですか、って。でももう、子供たちが遅刻しそう。

「たぶん、圭介のおかげだから」

「意味がわからない」

圭介は、リビングのドアのところに立っていた。ほんの少し首を傾げて、やっぱり雑種の子犬を連想するようなたたずまいで。その右側では、虎太郎が圭介の太股にくっつくようにして、こっちを見ていた。また背が伸びた。ちなつは漢字ドリルを入れたランドセルを背負いながら、テレビのCMに気をとられている。ドリルの捜索で引っかき回した部屋は、いつにも増した散らかりぶりだ。

「わたしもわからない」

圭介は、じっとわたしを見てから、

「じゃ、ま、行ってくるわ」

と、虎太郎の手を引いた。

「行ってきまーす」

ちなつも声を上げた。

三人は、ひとかたまりみたいに、玄関でごたごたと靴をはいて出かけていった。

外は、昨日よりもほんの少しだけ涼しくなっていた。わたしは開けた玄関から手を振って、洗濯をして軽く掃除して九時には家を出て、とこのあとの段取りを考え始めた。

初出

五月の夜　「パピルス」二〇〇九年五月号
さっきまで、そこに　「パピルス」二〇一〇年十二月号
ほんの、ちいさな場所で　「パピルス」二〇一一年八月号
この夏も終わる　「パピルス」二〇一二年四月号
雨が止むまで　書き下ろし
Too Late, Baby　「パピルス」二〇一二年十月号
九月の近況をお知らせします　「パピルス」二〇一三年十月号

出版に際し加筆修正しております。

〈著者紹介〉
柴崎友香　1973年大阪府生まれ。99年短編「レッド、イエロー、オレンジ、オレンジ、ブルー」でデビュー。2000年『きょうのできごと』刊行（04年映画化）。07年『その街の今は』で第57回芸術選奨文部科学大臣新人賞、第23回織田作之助賞大賞、06年度咲くやこの花賞受賞。10年『寝ても覚めても』で第32回野間文芸新人賞受賞。『週末カミング』『よう知らんけど日記』など著書多数。

GENTOSHA

星よりひそかに
2014年4月10日　第1刷発行

著　者　柴崎友香
発行者　見城 徹

発行所　株式会社 幻冬舎
〒151-0051 東京都渋谷区千駄ヶ谷4-9-7

電話:03(5411)6211(編集)
03(5411)6222(営業)
振替:00120-8-767643
印刷・製本所:中央精版印刷株式会社

検印廃止

万一、落丁乱丁のある場合は送料小社負担でお取替致します。小社宛にお送り下さい。本書の一部あるいは全部を無断で複写複製することは、法律で認められた場合を除き、著作権の侵害となります。定価はカバーに表示してあります。

©TOMOKA SHIBASAKI, GENTOSHA 2014
Printed in Japan
ISBN978-4-344-02564-6 C0093
幻冬舎ホームページアドレス　http://www.gentosha.co.jp/

この本に関するご意見・ご感想をメールでお寄せいただく場合は、comment@gentosha.co.jpまで。